Dietrich Schilling, Jahrgang 1945, hat nach seinem Germanistik-Studium fast 40 Jahre lang als Hörfunk-Redakteur beim NDR gearbeitet. Er ist verheiratet und lebt als freier Autor in Hamburg.

Stephan Zörnig, Jahrgang 1947, hat in Hamburg als Lehrer am Gymnasium gearbeitet; heute ist er Dozent an einer Berufsschule. Er reist gern und spielt Rock'N'Roll.

Der Baum steht schief

14 ungewöhnliche Weihnachtsgeschichten

1.Auflage Oktober 2015
Copyright © 2015 Dietrich Schilling. Alle Rechte vorbehalten.
Herstellung und Verlag: BoD - Books on Demand, Norderstedt
Umschlaggestaltung, Satz und Layout: Christian Fillies
Illustrationen: Stephan Zörnig
Printed in Germany
ISBN: 9783738653496

Dietrich Schilling

Der Baum steht schief
14 ungewöhnliche Weihnachtsgeschichten

Mit Illustrationen von
Stephan Zörnig

Inhaltsverzeichnis

Erwins Genesung 9

Es brennt! 16

Der kanadische Freund 25

Hedwig ruft an. 32

Oh, du Fröhliche! 43

Der Mann in der Sparkasse 56

Der Baum steht schief. 67

Den Einsamen
    eine Freude machen 74

Die Kuh im Schneetreiben. 89

Weihnachten wie immer .98

Alles Gute kommt von oben 110

Kusshände 121

Alter Freund. 130

Erwins großer Wunsch 141

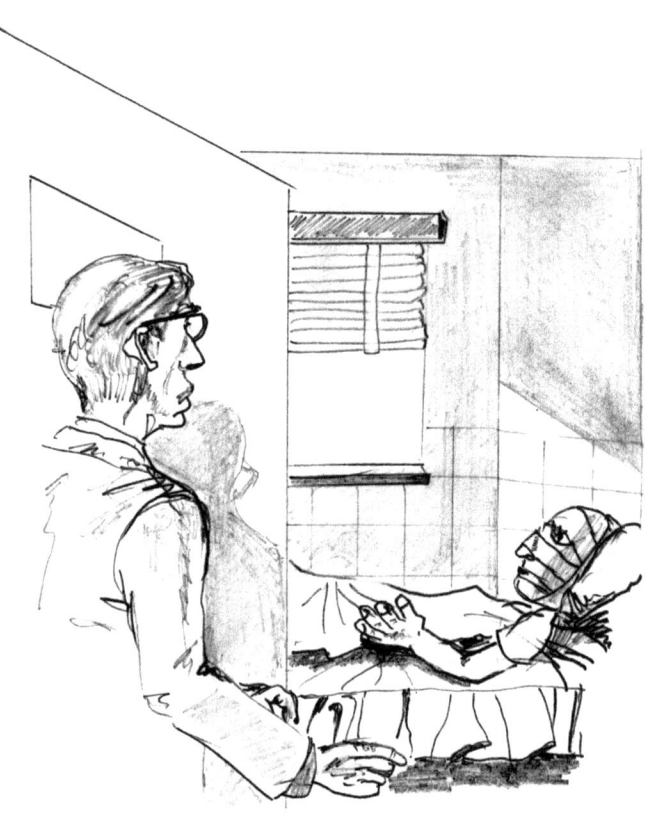

Erwins Genesung

Nach dem Tod seiner Frau hatte Erwin noch ein paar schöne Jahre. Kaum war sie unter der Erde – in einer der hinteren Grabzeilen auf dem Kirchenfriedhof – , bestellte er die Handwerker und gab die kleine Terrasse vor der Küche in Auftrag, die er sich zeitlebens gewünscht hatte.

„Kommt nicht in Frage!", hatte Friedel jedes Mal gesagt, wenn Erwin einen neuen Versuch unternahm, die kleine Terrasse durchzusetzen. Er hätte so gerne vor der Küche gesessen und über die Felder geguckt. „Da trägst Du nur Dreck in die Küche. Kommt nicht in Frage. Nur über meine Leiche."

Genau so kam es.

Schon beim Leichenschmaus verhandelte Erwin mit der ortsansässigen Firma „Rolf und Söhne – Steine und Platten". Man wurde sich schnell einig über das „Wann" und „Wie". Zu aller Überraschung schienen auch die

Kosten keine große Rolle zu spielen. Alle im Dorf fragten sich, woher Erwin die Summe nehmen wollte, die „Rolf und Söhne – Steine und Platten" veranschlagt hatte. Denn dass er und seine Friedel nicht wie die Maden im Speck gelebt hatten – das wussten alle, die auch nur einmal an ihrem maroden Häuschen vorübergegangen waren.

Die alte Anne von gegenüber hatte sie jeden Herbst aufgefordert, wenigstens neue Fenster einzusetzen. Im Alter soll man vorsichtig sein mit Kälte vom Fenster her!

Pastor Holzgrefe hatte behutsam darauf hingewiesen, dass der Preis für die Reparatur der Regenrinne auch nach irdischen Maßstäben nicht unerschwinglich sei – und für den Giebel, der seit Jahren vor sich hin bröckelte, bestimmt eine Wohltat.

Vergeblich.

Da waren Friedel und Erwin sich ausnahmsweise einig.

Ihr Häuschen verfiel immer mehr.

Und als Friedel sich ins Sterbebett legte, machten sich alle im Dorf große Sorgen um Erwin.

Was sollte aus ihm werden ganz allein?

Konnte er überhaupt kochen?

Alle Sorgen waren fehl am Platz.

Erwin blühte auf, kaum dass Friedel begraben war.

Zum ersten Mal seit vielen Jahren band er sich eine Krawatte um, setzte sich in den Bus und fuhr in die Kreisstadt. Als er mit dem Nachmittagsbus zurückkam, trug er zwei prall gefüllte Einkaufstüten.

Am Abend trat er in die Gaststube des Hotels „Zum Finken", bestellte Schlachtplatte mit allem und ein großes Pils. Beim dritten Pils geriet der Finkenwirt ins Grübeln, und als Erwin mit dem vierten auch noch einen doppelten Korn verlangte, setzte er sich zu ihm an den Tisch, um der Sache auf den Grund zu gehen. Das war nicht weiter schwierig, denn Erwin befand sich im Zustand fortgeschrittener Seligkeit und erzählte dem Finkenwirt auf dessen geschickt formulierte Fragen ohne Umstände, dass er, Erwin, heute belohnt worden sei für manches magere Jahr, und dass seine Friedel sich im Grab umdrehen würde, wenn sie wüsste, dass er alles herausbekommen hat. Prost!

Der Wirt schwieg, denn er wusste, dass Schweigen eine Aufforderung zum Weitererzählen ist.

Also berichtete Erwin mit schwerer Zunge, dass er sein geheimes Sparkonto bei der Kreissparkasse aufgelöst habe. Und dass der Leiter der Sparkasse ihn von der Existenz eines weiteren ansehnlichen und ebenfalls geheimen Sparkontos auf den Namen seiner Frau in Kenntnis gesetzt hätte, über das er selbstverständlich verfügen könnte, sobald er einen Erbschein vorgelegt habe. Das hätte sich die - was dann folgte, war wegen des Bieres und einer heftig aufschäumenden Emotion nur schwer zu erraten – das hätte sie sich wohl nie träumen lassen, dass er jetzt davon als erstes die kleine Terrasse bezahle.

Und die wurde ein Prachtstück!

Der Blick über die Felder entschädigte für manches verlorene Jahr. Erwin saß dort, stundenlang, die Küche im Rücken, vor Augen die Felder.

Manchmal, wenn er an seine Frau dachte, holte er ein Bier aus dem Kühlschrank und freute sich seines Lebens. Machte Pläne. Ging regelmäßig in den „Finken", wurde gesprächig, besuchte seine Nachbarn und lud sie ein.

Die Regenrinne wurde repariert, die Fenster erneuert.

Als der Bürgermeister zu Spenden für einen Spielplatz aufrief, übernahm Erwin die Kosten für eine Rutschbahn.

Als für einen Weihnachtsbaum vor dem Rathaus gesammelt wurde, trug er großzügig dazu bei.

Und regelmäßig montagmorgens erschien er auf dem Kirchenfriedhof und sah nach dem Rechten. Die Buchsbaumhecke war zu jedem Zeitpunkt akkurat gestutzt, die Inschrift der Grabplatte stets makellos sauber: „Meiner Friedel in ewiger Dankbarkeit!"

So vergingen die Jahre.

Und als er eines schönen Sommerabends wieder auf seiner kleinen Terrasse vor der Küche saß und sich nicht fühlte, nahm er das nicht sonderlich ernst. Er ging nur ein halbes Stündchen früher als gewöhnlich zu Bett. Stand auch am nächsten Morgen ein bisschen später auf, weil er ein wenig matt war. Den Montag darauf musste er zum ersten Mal, seit Friedel ihn verlassen hatte, auf die Grabpflege verzichten. Und als es Herbst wurde, ging er in die Sprechstunde von Dr. Müller. Der machte ein nachdenkliches Gesicht. Und tags darauf wusste das halbe Dorf Bescheid.

Am 1. Advent stand Erwin nicht mehr auf. Die alte Anne von gegenüber war aber bald zur Stelle und kümmerte sich. Was sie nicht schaffte, übernahm die Frau vom Finkenwirt. Und als für den Weihnachtsbaum vor dem Rathaus gesammelt wurde, drückte Erwin dem Pastor, der ihn besuchte, einen Schein in die Hand.

Dr. Müller, der jeden Nachmittag zur Visite erschien, wusste allerdings bald keinen Rat mehr. Obwohl – er fand es eigenartig, dass sich an Erwins Zustand so recht nichts veränderte. Er lag auf den Tod – und doch wiederum nicht. Als ob er zögere. Oder noch etwas Wichtiges bedenken müsse.

So kam der 2. Advent – und ging auch wieder.

Genauso der dritte.

Erst am vierten, als Pastor Holzgrefe ans Krankenbett trat, fiel die Entscheidung.

Alle waren sie dabei. Die alte Anne, die Frau vom Finkenwirt, Dr. Müller – alle konnten sie später bezeugen, was niemand glauben wollte.

Der Pastor, bezeugten sie, habe Erwins rechte Hand

gestreichelt und ihm etwas ins Ohr geflüstert. Daraufhin sei ein Ausdruck tiefen Schreckens auf dessen Gesicht erschienen. Er habe sich mühsam aufgerichtet und eine Stulle mit Wurst verlangt...

Am nächsten Tag verließ Erwin zum ersten Mal seit Wochen das Bett. Und als der Heiligabend kam, machte er sich auf den Weg in Holzgrefes Kirche. Dort sang er „Oh du fröhliche", schloss Friedel in sein Dankgebet ein und betrat pünktlich um sieben die Gaststube im Hotel „Zum Finken", wo er mit Gänsefleisch, Klößen und Rotkohl ein weiteres Mal die Geburt feierte.

Dr. Müller allerdings, der sich später zum ihm gesellte, und der sich über die schier unglaubliche Genesung seines Patienten eigentlich hätte freuen müssen, quälte nur ein Gedanke: Was zum Teufel hatte Pastor Holzgrefe dem todkranken Erwin ins Ohr geflüstert?

Es brennt!

„*E*rziehung ist Glücksache", sagt man.

Für uns sind solche Sätze der blanke Hohn. Als Eltern mit Prinzipien kennen wir unsere Verantwortung und haben sie niemals dem Glück überlassen. Wir sind überzeugt, dass Kinder klare Richtlinien brauchen. Denn woher soll ein Zehnjähriger wissen, was gut für ihn ist? Und was kann nicht alles passieren, wenn man ein zwölfjähriges Mädchen sich selbst überlässt?

Das gilt natürlich auch für Weihnachten.

Nur ein einziges Mal die Zügel schleifen zu lassen, bedeutet den Verlust der Kontrolle. Und warum sollen Kinder nicht auch an gutem Spielzeug ihre Freude haben? Die anderen arbeiten doch nur an ihren Defiziten, wenn sie pausenlos auf ihr Handy starren.

Gestern Abend allerdings waren wir etwas hilflos. Auf dem Weg zur Christmette schienen Julia und Justus noch ganz erwartungsfroh zu sein. In der Kirche saßen sie still neben uns und störten nicht. Selbst als während der Weihnachtsgeschichte – „ein jeglicher machte sich auf, dass er sich schätzen ließe" – mein Handy in die Stille hinein vibrierte, blieb Justus ruhig; normalerweise feixt er bei solchen Sachen sofort los. Im Prinzip ist er ja ein eher stiller Junge, doch manchmal bricht er aus wie ein kleiner Vulkan, ganz unerwartet. Dann ist es, als würde er aus irgendwelchen Träumen in die Realität geschubst. Sein ganzer kleiner Körper gerät dann in Unruhe, und seine Augen blitzen. Als ob er eine bedeutende Entdeckung gemacht hätte, die er unbedingt sofort mitteilen müsste. Seine Lehrer haben sich schon darüber beklagt. Justus verliere dann die Kontrolle über sich, sagen sie. Und als Eltern achten wir jetzt natürlich darauf, dass das nicht passiert. Wir haben gelernt, Justus nicht so ernst zu nehmen, wenn er wieder mal ausbricht. Als mein Handy während der Christmette rumorte, guckte er mich aber nur kurz an und beherrschte sich. Ich legte ihm anerkennend meine Hand aufs Knie; Kinder brauchen auch mal ein Lob!

Doch als wir zu Hause eine befriedigende Anzahl von Weihnachtsliedern gesungen hatten und ich vor dem Lichterbaum stehend die kleine Ansprache hielt, wie sie in unserer Familie Sitte war, seit mein Urgroßvater an einem Heiligabend sein erstes Kind getauft hatte, beschlich mich das Gefühl, dass dieser Abend anders werden könnte. Ein

Hinweis darauf war Julias enttäuschtes Gesicht; wahrscheinlich hatte sie bereits bemerkt, dass auf ihrem Gabentisch ein elektrischer Hand-Webstuhl auf sie wartete und nicht der kleine Fernseher, den sie sich gewünscht hatte.

Julia ist in einem schwierigen Alter. Darauf waren wir vorbereitet. Trotzdem ist es nicht immer leicht, ihre Angriffe auf uns zu tolerieren. Doch meine Frau und ich sind wohl auf dem richtigen Weg, wenn wir unserer Tochter in schwierigen Momenten zwar verständnisvoll zuhören, andererseits aber die Zügel nicht zu locker lassen. Dass sie dann öfter herumschreit und wutentbrannt die Tür zu ihrem Zimmer hinter sich ins Schloss wirft, nehmen wir in Kauf.

Das wird vorbeigehen.

Für uns Eltern besteht Weihnachten natürlich nicht aus Geschenken, sondern aus der Freude an der Geburt des Jesuskinds. Und so hatten wir unter dem Baum auch diesmal die Krippe mit allen Figuren aufgebaut, die das ganze übrige Jahr in einem uralten Karton, sorgfältig eingewickelt in Seidenpapier, auf dem Boden liegen. Maria kommt mir übrigens von Jahr zu Jahr jünger vor, genauso Josef. Das Jesuskind liegt in einer Krippe, die jedes Jahr repariert werden muß; es gelingt uns leider nie, das eine Bein der Krippe wieder so anzukleben, dass es dauerhaft hält. Prunkstücke sind natürlich die drei Könige, die reichlich Weihrauch und Myrrhe auf ihren vorgestreckten

Armen tragen. Zum Dreikönigsfest nehmen sie dann alles wieder mit zurück in den Karton. Und um diese zentralen Figuren herum gruppiert sich zwischen Tannenzweigen das restliche Personal: die Hirten, Esel, Kamele und Hunde und was sonst noch dazugehört.

Dass die heilige Familie unter einer gewissen Armut gelitten hat, ist an unserem Ensemble leicht wiederzuerkennen. Die meisten Figuren sind in irgendeiner Weise lädiert; manchen fehlt schon seit vielen Jahren ein Arm oder ein Bein. Überzeugenden Ausdruck hat die Armut aber vor allem in dem Stall gefunden, der im Wesentlichen aus einigen dürren Sperrholzresten besteht. Ich hatte jedoch aus der Not eine Tugend gemacht und ihn diesmal – wenn auch nur spärlich – mit Hilfe eines sogenannten Beleuchtungssockels erhellt, den ich noch aus den Zeiten der Märklin-Eisenbahn besitze. Den Sockel mit der Glühbirne hatte ich unter Stroh versteckt und das Zuleitungskabel und den Trafo unter Tannenzweigen. Es sah aus wie ein kleines Feuerchen, das für bescheidene Wärme sorgte, und auf diese Weise machte der Stall einen sehr realistischen Eindruck. Der einzige Schmuck war am Dachfirst der Weihnachtsstern. „Authentisch", würde man neuhochdeutsch sagen, aber dazu neigen wir Eltern nicht. Wir nennen es eher die Größe der Bescheidenheit.

Den Kindern ist dieser ideelle Wert noch nicht klarzumachen. Sie lassen sich leicht von Äußerlichkeiten täuschen, zum Beispiel von dieser Porzellankrippe, die seit dem 1. Advent bei einem Kaffeeröster angeboten wurde. Vor allem Julia hatte immer wieder versucht uns zum Kauf dieser Krippe zu bewegen. Unsere alte Krippe sei Schrott, argumentierte sie. Alles tausendmal geklebt. Irgendwie langweilig. Total verstaubt. Die aus Porzellan sei viel farbenfreudiger. Die Maria aktueller, wie sie es nannte, und der Josef männlicher, nicht so schlaff und abgearbeitet. Außerdem: alles spülmaschinenfest.

Das konnte uns natürlich nicht überzeugen. Julias Zimmertür hat sehr darunter gelitten, unsere Geduld auch, aber wir haben durchgehalten. Dass Julia ab sofort unsere schöne Familienkrippe keines Blickes mehr würdigen würde, nahmen wir auf uns.

Vollkommen neu für uns war allerdings, dass Justus sich mit seiner älteren Schwester solidarisierte. Auch er, der sich ein Handy gewünscht hatte, was in seinem Alter wirklich fehl am Platz ist, schien erheblich beleidigt. Er nahm weder die kleine Geige und das dazugehörige Lehrbuch in Augenschein noch die Krippe. Meinem versöhnlich gemeinten Hinweis, dass der Stall diesmal sogar ein kleines Feuerchen habe, an dem sich die Jesus-Eltern ein bisschen aufwärmen konnten, und dass er sich das doch mal ansehen möge, begegnete er mit der Bemerkung, auch er sehe sich diese Krippe nie wieder an. Seinetwegen, sagte er wörtlich, könne sie ruhig abbrennen. Julia kicherte.

Hätte meine Frau uns in diesem Augenblick nicht ins Esszimmer gerufen – „Die Pastetchen sind fertig!" – naja...

Meine Frau war übrigens die einzige, die beim Essen fröhlich das Gespräch suchte. Ich selbst sezierte stumm meinen Blätterteig und schob die Spargelabschnitte und das Hühnerfleisch auf meinem Teller hin und her, weil ich aus irgendeinem Grund zuviel Worcester-Sauce darüber geschüttet hatte. Justus war sichtlich froh, dass er trotz seiner unverschämten Bemerkung verschont worden war, und Julia spielte die Selbstbewusste. „Wenn ich von Oma Geld bekomme, kaufe ich mir die Krippe selbst und stelle sie in meinem Zimmer auf!", sagte sie.

Schmecken tat es so richtig, glaube ich, niemandem von uns.

Plötzlich hielt meine Frau mitten im Satz inne und schnupperte Richtung Küche. „Da brennt was an!" Sie stürzte in die Küche und kam bald erleichtert zurück. „Alles in Ordnung!"

Beruhigt war sie jedoch nicht. Auch wir anderen rochen jetzt den Brandgeruch.

„Wahrscheinlich der Stall!", sagte Justus. Er meinte es witzig und hämisch zugleich. Aber seine Bemerkung traf mich dennoch: War es vielleicht der Beleuchtungssockel mit dem kleinen Glühbirnchen, den ich selbst provisorisch repariert hatte? Betont ruhig betupfte ich meine Lippen mit der Serviette, stand ebenso ruhig auf und schritt ins Wohnzimmer. Gerade noch rechtzeitig, denn in dem Augenblick schlugen die ersten Flämmchen aus der Krippe.

„Es brennt!", rief ich erschrocken. „Schnell, Wasser!"

Geistesgegenwärtig griff ich nach dem Kissen vom Sofa und versuchte, das Feuer zu ersticken. Dabei kippte der Baum um. Schlimmer war aber, dass die Flammen jetzt erst richtig aufloderten. Ich schlug und schlug mit dem Kissen drauf, beinahe schon panisch, machte es aber, im Nachhinein betrachtet, nur noch schlimmer. Glücklicherweise kamen irgendwann die Kinder mit einem Eimer Wasser und einem nassen Feudel aus der Küche zurück und löschten den Brand innerhalb weniger Sekunden genauso, wie es am Morgen des Heiligen Abends in der Zeitung gestanden hatte. Ich hatte es selbst gelesen.

Da standen wir also und betrachteten die Bescherung. Unser Parkettboden war an einigen Stellen geschwärzt. Und der Christbaum „Schrott", wie Julia es ausdrücken würde. Er lag abbruchreif vor uns, die meisten der Kugeln in tausend Stücke zersplittert, und die Krippe würde wohl nie wieder in ihren Karton zurückkehren. Das Löschwasser hatte überdies für eine schöne Schweinerei gesorgt.

Gerade, als meine Frau mit dem Aufräumen beginnen wollte, klingelte das Telefon.

Julia ging dran. „Fröhliche Weihnachten!", rief sie in den Hörer. Dann hörte sie geduldig zu, und ihr Gesicht sah von Sekunde zu Sekunde ebenfalls fröhlicher aus. Schließlich sagte sie: „Oma, wir essen gerade. Können wir gleich zurückrufen?", nickte und legte den Hörer auf.

Ich war ihr sehr dankbar, dass sie kein Wort über den Brand verloren hatte. „Und eine neue Krippe haben wir auch schon!", sagte Julia. „Oma hat mir 50 Euro versprochen."

Meine Frau und Justus gingen in die Küche und füllten unsere Teller noch einmal auf. Diesmal schmeckte es. Wir hatten uns viel zu erzählen. Justus entschuldigte sich sogar dafür, dass er gesagt hatte, die Krippe könne ruhig abbrennen. Dafür legte ich ihm anerkennend meine Hand aufs Knie.

Der kanadische Freund

Meine Großmutter war Erzieherin. Auf einem Foto, das aus den Jahren nach dem Ersten Krieg stammen muss und das ich leider nicht mehr besitze, sieht man sie in einer Kinderverwahranstalt. Eine schneeweiße, steif geplättete Schürze, ein Brustlatz, gequält lächelnd, steht sie aufrecht, aber linkisch inmitten von niedrigen Tischen. Dutzende Kinder sitzen auf kleinen Stühlchen und haben alle die Hände auf dem Tisch.

Persönlich habe ich sie ganz anders in Erinnerung. Etwa, wenn sie mich vom Bahnhof abholte, wenn ich sie und Großvater besuchte. Da wartete sie hinter der Sperre, die es damals noch gab, und strahlte mich jedes Mal so herzlich an, dass mir ganz weich wurde. Ich sah uns schon an dem Tisch im kleinen Wohnzimmer sitzen und knuspriges, in viel guter Butter gebratenes Schweinefilet essen. Auf dem Weg vom Bahnhof nach Hause spendierte sie sich immer eine Flasche Bols Apricot, damals etwas ganz

Feines, „weil Du zu Besuch gekommen bist!"

Sie hat nie von ihrer Berufstätigkeit erzählt; das Foto habe ich erst nach ihrem Tod gefunden. Ich glaube, dass sie die berufliche Arbeit von vornherein als etwas Vorübergehendes eingeplant hatte. Denn sie war nicht nur herzlich und gut erzogen, sie war auch hübsch. Und ich kann mir gut vorstellen, dass stimmte, was meine Mutter, ihre Tochter, und auch andere bei gelegentlichen Familientreffen immer wieder erzählt haben: dass Oma Hilde ihr Leben lang etwas „Besseres" sein wollte. Zur „großen Gesellschaft" gehören. Das habe ich nie mit Arroganz in Verbindung gebracht. Es passte zu ihr.

Was nicht passte, war mein Opa. Der war zwar Fabrikant und hatte anfangs ein großes Vermögen. Aber er legte keinen Wert auf Äußerlichkeiten und Repräsentanz. Er war Kosmopolit. Er reiste durch die Welt und pflegte Freundschaften. Und seine Fabrik machte immer mehr Verluste, bis sie eines Tages insolvent war.

Glücklicherweise hielt sich die Katastrophe in Grenzen, und meine Großeltern konnten sich in einem bescheidenen Leben einrichten. Opa, der nicht mehr das Geld zum Reisen hatte, verbrachte die Tage mit Korrespondenz und stundenlangen Spaziergängen durch die Wälder. Wie ein General – der er niemals hätte sein können! – stand er jeden Morgen zur selben Zeit auf, aß sein Frühstück und zog sich für zwei Stunden in seine kleine Bibliothek zurück, wo man ihn auf gar keinen Fall stören durfte. Er setzte sich an den Schreibtisch und schrieb Briefe in alle möglichen Länder – und las die Briefe, die er aus aller Welt erhielt. Um zehn Uhr brach er zu seinen Spaziergängen auf, zu denen er mich oft mitnahm, wenn ich bei den Großeltern war.

Dann lernte ich, wie die Bäume und Tiere hießen, die wir entdeckten, warum Eidechsen sich gerne im Steinbruch sonnen und wo man im Spätsommer Waldbeeren findet.

Oma Hilde ersetzte den Verlust des großen Lebens durch kleine Annehmlichkeiten: Likör. Käsegebäck. Rommé.

Und jeden Donnerstag früh ging sie um acht in die Badeanstalt, wo sie ihre Freundinnen traf. Ein Kränzchen, dem nie der Gesprächsstoff ausging. Bademeister Reimann schloss ihnen seit 20 Jahren die Umkleidekabinen auf. Er legte Wert darauf, dass sie sauber waren. War es so – es war immer so – , öffnete er die Tür ganz, drückte den Damen den Schlüssel in die Hand und ließ sie eintreten. Oma Hilde zog mich dann resolut hinter sich her, verriegelte die Tür von innen und hob mich dann jedes Mal mit beiden Armen hoch, so dass ich durch das kleine Fensterchen auf der anderen Seite auf das Schwimmbecken schauen konnte. Im Winter, wenn es draußen noch dunkel und die Halle erleuchtet war, war der Anblick besonders schön.

Das Wasser glitzerte tiefgrün, und aus den gekachelten Duschnischen und den Fußbecken stiegen Schwaden auf. „Schwimmen ist das Schönste, was es gibt, merk' dir das!", sagte sie, ließ mich wieder hinab auf den Fußboden, entledigte sich zahlloser Kleidungsstücke, bestieg ihren riesigen Badeanzug – ich musste aufpassen, dass ich keine Knuffe erhielt – und zwängte den Dutt unter die Badekappe.

Der Donnerstag, von dem ich erzähle, war ein Heiligabend. Wahrscheinlich gibt es nichts Schöneres, als am Heiligabend bei den Großeltern zu sein: Großeltern wissen, wie man Weihnachten feiert. Sie kombinieren das Geheimnisvolle mit dem Praktischen. Und es hat den Anschein, als gelänge alles wie von selbst. Schon beim Frühstück riecht es anders als sonst, obwohl es genauso gedeckt ist wie immer. So sind Großeltern.

Doch diesmal hatte Opa nicht mit uns gefrühstückt; damit fing es an. Oma Hilde versorgte mich zwar wie immer, doch sie blieb nicht wie sonst bei mir sitzen, sondern stand alle paar Minuten auf und lauschte an Opas Tür. Sie schien besorgt zu sein, das merkte ich auch als Sechsjähriger. Ich kaute auf meinem Brötchen und beobachtete sie.

„Was macht Opa?", fragte ich.

„Opa ist traurig!", sagte sie. „Warum?" – „Weil er keinen Brief von John bekommen hat."

Sie stand auf und horchte wieder an der Tür. Dann

klopfte sie leise daran. Aber eine Antwort kam nicht.

„Wilhelm, wir gehen ins Bad", sagte sie durch die Tür. Es klang auch traurig. Dann räumte sie den Frühstückstisch ab, und wir gingen.

„Wer ist John?", fragte ich unterwegs. „John? John ist Opas bester Freund."

Das verstand ich nicht, denn ich hatte John noch nie gesehen. Ich hatte auch noch nie von ihm gehört.

„Wo wohnt er denn?"

„In Halifax. Kanada."

Damit konnte ich nichts anfangen.

„Und warum soll John einen Brief schreiben?"

„Weil er es immer getan hat. Opa schreibt ihm auch immer."

Bademeister Reimann schloss die Kabinentür auf. Aber Oma hob mich nicht hoch an das kleine Fensterchen. Sie duschte auch nur kurz und schwamm nur wenige Runden. Omas Freundinnen sprachen leiser als sonst. Ab und zu hörte ich die Wörter „John" und „Halifax". Und „Du meinst doch nicht ..." und „Man muss doch nicht gleich an das Schlimmste denken!" Es war noch kein richtiges Weihnachten, obwohl auf dem Balkon hinter dem Dreimeterbrett ein Tannenbaum mit leuchtenden Kerzen stand.

Heute weiß ich: Mein Großvater war Passagier auf einem Handelsschiff im Atlantik, als der zweite Krieg begann. Das Schiff befand sich in kanadischen Gewässern und wurde natürlich sofort aufgebracht. Mein Großvater, deutscher Staatsbürger, wurde interniert und in Halifax festgehalten. Er durfte die Stadt nicht mehr verlassen.

„Auch Weihnachten nicht!", erzählte Oma Hilde mir später.

„Konnte er denn gar nicht Weihnachten feiern?"

„Doch!", sagte Oma. Und ich erfuhr, dass zur kanadischen Military Police damals besagter John gehörte. Er hatte Opa verhören müssen und wohl schnell herausgekriegt, dass von ihm keine Gefahr ausging. Und als der Heiligabend kam, hat er ihn in seine Familie eingeladen und ihn sogar gebeten, ein deutsches Weihnachtslied zu singen. Obwohl Krieg war zwischen Kanada und Deutschland.

„Und dann wurden Opa und John Freunde. Sie haben sich nie wiedergesehen. Aber sie haben sich jedes Jahr zu Weihnachten geschrieben."

Das wusste ich noch nicht, als wir an dem Donnerstagvormittag, der auch ein Heiligabend war, von der Badeanstalt ins Haus meiner Großeltern zurückgingen.

Unterwegs kam uns der Briefträger entgegen. Er schüttelte den Kopf und sagte: „Nichts. Tut mir leid!"

Dann war alles wie immer. Beide Großeltern verschwanden im Weihnachtszimmer, um den Baum zu schmücken und die Krippe aufzustellen. Und als es dämmerte, gab es Stollen und Tee und Kakao. Wir betraten das Weihnachtszimmer, und ich sagte mein Gedicht auf. Dabei stand ich mit dem Gesicht zum Fenster, zur Straße. Und ich sah als erster, dass – ganz ungewöhnlich – ein Auto vor dem Haus hielt.

Es klingelte.

Oma ging zur Tür, und als sie zurückkam, sah sie vollkommen anders aus. Sie nahm meinen Großvater in den Arm, während er das Telegramm aufriss und las.

„Von John!", sagte er. „Er wünscht uns Fröhliche Weihnachten!" Und dann sang er das Lied, das er auch in Halifax gesungen hatte.

Dann war Weihnachten.

Hedwig ruft an

Pünktlich um 22 Uhr am Heiligen Abend rief Hedwig an. Das tat sie immer, und wie jedes Mal wurde es ein längeres Gespräch.

Hedwig lebt allein in der Stadt, in der wir aufgewachsen sind. Ich weiß gar nicht, welcher Art die Beziehung war, die sie zu meinen Eltern hatte, und wie sie entstanden war. Aber für uns Kinder war es selbstverständlich, dass Hedwig am Heiligen Abend bei uns war. Sie half in der Küche, sie arrangierte die Krippe, sie saß während der Bescherung auf dem Ecksofa und faltete Geschenkpapier. „Das kann man noch gut gebrauchen!"

Wenn mein Vater die Post vorlas, die aus der Verwandtschaft gekommen war, hörte sie kopfnickend oder kopfschüttelnd zu. Und wenn mein Vater den Brief zurücksteckte in seinen Umschlag und auf den anwachsenden Berg der gelesenen Post legte, gab Hedwig nur teilnehmende, lobende Bemerkungen von sich. Sie kannte sie ja alle, die da schrieben. Und sie verblüffte uns immer von neuem mit ihrem Wissen. Wer wann geheiratet hatte, wie die Kinder hießen, wann die ihren Doktor gemacht und der seine Firma gegründet hatte: sie kannte sich genau aus. Und ich bin sicher, dass sie auch meinen Werdegang genau verfolgte, seit ich vor dreißig Jahren mein Elternhaus verlassen und zum Studium in eine andere Stadt gezogen war.

Seit dreißig Jahren also rief sie jeden Heiligabend pünktlich um 22 Uhr an. Manchmal schon habe ich mich gefragt, wie alt Hedwig wohl ist, denn sie machte – zumindest am Telefon – den Eindruck, als habe die Zeit keinen Einfluss auf sie. Gesehen hatte ich sie in diesen dreißig Jahren nur einmal, bei der Beerdigung von Onkel Werner, und das ist auch schon sehr, sehr lange her. Damals stand sie immer einen oder zwei Meter hinter der Trauergesellschaft, aber wenn man sie anguckte, lächelte sie vertraut zurück.

Auch diesmal war es wie immer. Es gehörte ja einfach dazu, dieses Ritual. Ich hatte den Hörer abgenommen, und als ich laut und deutlich „Ach, Hedwig, du!" sagte und fröhliche Weihnachten wünschte, begann meine Frau Maria, nachdem wir einen entsprechenden Blick gewechselt hatten, den Esstisch abzuräumen.

Hedwig ging es gut. Wie immer. Sie hatte sich riesig über unser kleines Päckchen gefreut. Ja, dass wir immer so an sie dächten! Wie es denn unserem kleinen Max ergehe, der ja jetzt auch schon 24 sei? Ob er in der neuen Ausbildung glücklicher sei? Und noch seine reizende Freundin, die Inka, habe? Und ob die Organisationsprobleme in meiner Firma, von denen ich letztes Jahr erzählt hatte, inzwischen gelöst seien?

Ich antwortete auf all diese Fragen ein wenig unkonzentriert, weil ich gleichzeitig darüber nachdachte, welche Süßigkeit von dem Teller ich mir noch leisten könne, der vor mir auf dem Tisch stand. Als ich mich für eine mit Williams Birne gefüllte Praline entschieden und sie in den Mund gesteckt hatte, stellte Hedwig mir allerdings eine Frage, wie sie nur von ihr kommen konnte, und die meine ganze Konzentration forderte. Ich musste richtig nachdenken, musste in meinem Gedächtnis Ausschau halten und prüfen, wie es wirklich war und welche Gefühle ich dabei gehabt hatte. Als ich plötzlich den Geschmack von Williams Birne auf der Zunge spürte, war ich ganz überrascht.

Maria hatte inzwischen die Küche fertig. Sie setzte sich wieder zu mir und hörte eine Weile dem Gespräch mit Hedwig zu. Schließlich wurde sie aber ungeduldig und zeigte auf den Berg Post, der noch ungeöffnet vor uns lag. Ich gab mir Mühe, mein Telefongespräch zu einem Ende zu leiten, was mir nach einigen Minuten auch gelang.

„Jetzt lesen wir in Ruhe die Post!", sagte meine Frau.

„Hast Du ein Glas Sekt?"

Zum Sekt gab es die üblichen Käsestangen, die wir selbst gebacken hatten. Und neue Kerzen auf dem Baum. Auch dieser Moment war wie ein Ritual: alle Pflichten waren erfüllt, der Stress, der sich unmerklich aufgebaut hatte, verlor an Druck. Wir konnten uns zurücklehnen, genießen und waren gespannt auf die Post.

„Von den Münchenern!", sagte sie und ratschte einen größeren Umschlag auf. Heraus kamen drei eng bedruckte Seiten mit etlichen Fotos, auf denen die Münchner zu sehen waren. Mal allein, strahlend und sehr, sehr zuversichtlich, mal im Familienverband, doch offenbar ebenso glücklich.

„Ihr Lieben!", begann sie vorzulesen. Und dann durften wir noch einmal teilhaben an dem Jahr, das hinter den Münchenern lag. Wer hätte gedacht, dass Onkel Günter in seinem doch fortgeschrittenen Alter den Bruch des Oberschenkelhalses so gut überstanden hätte? Er hatte wochenlang bei den Münchenern im Gästezimmer zum Garten hinaus gelegen, wohl versorgt. Die beiden Zwillinge hatten ihr Abi gemacht und befanden sich inzwischen in den USA, wo sie an einem international renommierten Forschungsprojekt teilnahmen, das auch von der EU mitfinanziert wurde. Frank, der jüngste, sei immer noch so verrückt aufs Schachspiel; im Sommer habe er wieder den Münchener Schulpreis gewonnen, genau wie letztes Jahr. Und „wir Eltern", war zu lesen, „sind nach wie vor glücklich. Ernst leitet seit Oktober die Auslandsabteilung, wovon er immer geträumt hatte. Und Emilia ist dabei, eine kleine Stiftung im Rahmen ihres Pinakothek-Engagements auf den Weg zu bringen; die Abendzeitung hat schon nachgefragt."

Auf der dritten Seite unten waren handschriftlich herzliche Weihnachtsgrüße für uns persönlich angefügt.

Maria faltete den Brief zusammen und beförderte ihn zurück in seinen Umschlag. Dabei murmelte sie: „Wir hätten uns auch mehr um Onkel Günter kümmern müssen."

„Wieso? Wir hatten ihm unsere Hilfe doch angeboten!"

„Ja, angeboten." entgegnete Maria, was immer sie damit meinte.

„Du bist dran!"

Ich zog einen Brief mit riesigen, knallbunten Briefmarken aus dem Stapel. Auch dieser Brief war gedruckt und begann mit „Ihr Lieben" sowie den drei Wörtern „im kalten Deutschland". Er kam aus Südafrika. Ich blätterte vor auf die siebte und letzte Seite und las unten, wieder handschriftlich, „Paul und Pauline". Stimmt, die waren ja nach Afrika gegangen!

Ihr Brief war in Monate eingeteilt.

Unter „Januar" erfuhren wir: „Seit drei Wochen in Kapstadt. Pauline hat aber schon ihre Augen auf ein ganz reizendes Häuschen nah am Wasser geworfen. Ich selbst verbringe meine Zeit hauptsächlich in der Botschaft, aber es scheint sich zu lohnen."

Im April war das reizende Häuschen nah am Wasser gekauft, und der Botschafter hatte Paul in einer Rede anlässlich des Besuches des deutschen Außenministers öffentlich belobigt.

Ein halbes Jahre später war Paul zur „rechten Hand" des Botschafters geworden, und Pauline hatte in ihrem Häuschen ganz offiziell im Auftrag der Botschaft einen Empfang durchführen dürfen, wozu sich „die beiden doch sehr großzügigen Räume mit Blick auf den allabendlichen, betörenden Sonnenuntergang als wie geschaffen" herausgestellt hatten. „Besucht uns doch mal! Eure Paul und Pauline."

Ich legte den Brief beiseite. Maria kommentierte ihn beinahe lakonisch mit der Anmerkung, dass Paul „es ja tatsächlich geschafft" habe. Aber dass Pauline einen Empfang durchführt? „Sie ist doch gar nicht so gewandt, und da kommen doch bestimmt wichtige Leute! Naja, egal." Und dann setzte sie ohne für mich zu erkennenden Zusammenhang hinzu: „Dafür haben sie keine Kinder."

Nacheinander zogen wir schlichte Grußkarten von den Herdegens, von Hegemanns und von meinem Zahnarzt vom Stapel. Dann kam wieder ein dickerer Umschlag. Er beinhaltete ein gutes Dutzend Kopien von Zeitungsartikeln nebst zwei Seiten Brief, eng bedruckt, oben „Ihr Lieben", unten, mit der Hand geschrieben, „Eure Freunde Saskia und Schorsch." Und: „Wie geht's Euch denn so?"

Die Zeitungsausschnitte dokumentierten den Werdegang der Kinder. Maike war in ihrer musikalischen Karriere wieder einige Stufen emporgeklettert, das war ganz eindeutig. „Aber verheiratet ist sie noch nicht!", sagte meine Frau.

Henning, legten mehrere der Kopien nahe, ging unbeirrbar seinen Weg als Arzt. „Der weiß, was er will!", sagte meine Frau. Ich musste an unseren Sohn denken, der gerade nach 4 Semestern das Studienfach gewechselt hatte, hielt aber den Mund.

Und Claus – mit „C" – , der jüngste, das Sorgenkind der Familie, hatte endlich die Zulassung zur Hotelfachschule erhalten. „Unsere Geduld hat sich gelohnt!", schrieben unsere Freunde Saskia und Schorsch. „Claus hat jetzt wohl den richtigen Weg eingeschlagen. Wenn alles gut geht, kann er in 3 Jahren im Steigenberger anfangen, darum haben wir uns schon gekümmert."

Ich griff in die Käsestangen und stieß dabei unglücklich mein Sektglas um. Glücklicherweise war es fast leer. Aber Maria regte sich trotzdem auf, was ich als unverhältnismäßig empfand. Scheinbar völlig zusammenhanglos begann sie auf das Steigenberger zu schimpfen. „Steigenberger! Steigenberger!", äffte sie giftig den Tonfall von

Saskia nach. „Darunter geht's natürlich nicht!"

Zum Glück klingelte in dem Augenblick das Telefon. Maria nahm das Gespräch entgegen, ihr „Fröhliche Weihnachten" kam etwas zeitverzögert und auch leicht verunsichert. Dann hörte sie längere Zeit nur dem Gesprächspartner am anderen Ende zu, wobei ihr Gesichtsausdruck Enttäuschungen unterschiedlicher Stärken widerzuspiegeln schien. Ich versuchte zu erraten, wer da am anderen Ende war, und ich hatte eine Befürchtung, die sich schließlich bestätigte. Es war Anne, unsere Tochter. Irgendwann stellte Maria auf „mithören", und wir mussten hören, dass Anne es eigentlich gar nicht hätte sagen wollen, aber dann habe sie gedacht, dass wir doch ihre Eltern seien, und dass wir es auch wissen müssten. Und dass sie es selbst furchtbar finde und sich von nun an alle Mühe geben wollte.

„Jetzt ist erstmal Weihnachten!", sagte Maria am Ende, ziemlich leise, „und im Neuen Jahr sehen wir weiter."

Ich nahm meine Frau tröstend in die Arme und musste an die beiden Zwillinge der Münchener denken, die in den USA an dem international renommierten Forschungsprojekt teilnahmen. Und an Maike von Saskia und Schorsch, die gerade die musikalische Karriereleiter emporkletterte. Da klingelte das Telefon noch einmal.

„Entschuldige bitte", sagte Hedwig, „dass ich nochmal anrufe. Aber ich habe eben gar nicht nach Anne gefragt, meiner lieben Anne!"

„Ich geb' dich weiter an Maria, die hat gerade mit ihr gesprochen", antwortete ich wahrheitsgemäß.

Und Maria erzählte Hedwig von dem ganzen Unglück, das sie soeben erfahren hatte. Und während sie stumm die sehr ausführliche Entgegnung von Hedwig entgegennahm, schaute sie mich von Minute zu Minute erleichterter an. „Danke, Hedwig!", sagte sie aus großer Herzenstiefe, bevor sie auflegte.

Ich meinerseits sah Maria gespannt an. „Na?"

„Anne kann wohl gar nichts dafür; sie hat einfach nur Pech gehabt." Und dann musste sie – Tränen? – lachen, wenn auch mit einem leicht bitteren Beigeschmack: „Weißt du, was sie von den Münchenern erzählt hat?"

Ich war gespannt.

„Dass das Forschungsprojekt längst gestrichen ist, weil es sich als sinnlos herausgestellt hat."

Oh, du Fröhliche!

*D*ie Idee war genial! Denn danach lief alles wie von selbst. Und das nur, weil ein einziger, kurzer Blick nicht unbemerkt blieb. Und weil Frauen für ein Kompliment sehr schnell den Kopf verlieren.

Immer, wenn sie etwas zum Anziehen sucht, geht meine Frau in eine ganz bestimmte Boutique, die nicht ganz billig ist. Sie wird von einer Designerin und einer Directrice geführt. Die Designerin besitzt ein unerschöpfliches Talent, einfache, aber textiltechnisch reizvolle Ideen zu entwickeln. Sie selbst ist nicht gerade ein Model und nur selten im Geschäft zu finden. Auch Franca, die Directrice, die hinter dem Ladentisch steht, ist nicht mit den idealen Maßen gesegnet. Doch gerade dieser Umstand macht sie für die Kundinnen so attraktiv. Denn vor ihr müssen sie sich mit ihrer eigenen Figur nicht verstecken, auch wenn sie an der einen oder anderen Position über die Norm hinausgewachsen sind. Bei Franca sind sie unter ihresgleichen. Gewisse Größen kann man in diesem Geschäft laut und deutlich benennen, ohne dass es peinlich wird.

Der kurze Blick, von dem ich sprach, wurde also hier gewechselt, und zwar unmittelbar, nachdem meine Frau und ich den Laden mal wieder betreten hatten. Es war kurz vor Weihnachten, und das erste, was ich zu Gesicht bekam, war eine Kundin, die sich in ein kakaobraunes Seiden-Kostüm mit flatternden Fähnchen gezwängt hatte. Die Frau war deutlich über 50. Typ gutsituiert, alleinlebend. Sie sah rührend aus vor dem Spiegel, aus dem sie das Beste herauszuholen versuchte. Fortwährend drehte sie sich wie eine Aufziehpuppe mal zur linken, mal zur rechten Seite, während sich ihr zu Recht skeptischer Blick tief in das unbestechliche Glas bohrte. Vielleicht war es diese traurige Ambivalenz, vielleicht aber auch eine Krull'sche Tollheit, die mich zu der fröhlichen, aber unüberlegten Bemerkung hinriss: „Sieht doch gut aus, nehmen Sie das!"

Die Kundin erfuhr eine unerwartete Metamorphose. Und zwar so schnell, dass sie kaum nachvollziehbar war.

Zuerst erreichte meine Bemerkung ihr Gesicht. Es rötete sich. Innerhalb von Zehntelsekunden war die Skepsis restlos weggefegt und von einem anschwellenden Glanz ersetzt, der sich wie eine Flut über ihre ganze Figur goss. Das kakao-braune Kostüm nahm Konturen an, und wo vorher gar kein Busen war, war jetzt einer zu ahnen.

Dann öffnete sich der Mund, und heraus kam die kurze, aber unendlich dankbare Frage:

„Meinen Sie wirklich?"

Meine Frau probierte gerade ein Sortiment Hosen; Franca schleppte fortwährend neue Modelle an. So hatte ich also die reizvolle Gelegenheit, die plötzlich entfachte Begeisterung der Kundin ins beinahe Maßlose zu steigern. Ich tat, als ob ich ihre Figur samt Seide noch einmal kritisch unter die Lupe nähme und verkündete: „Wer auch immer an Ihrer Seite steht: ich beneide ihn!"

Offen gesagt, schwärme ich für Frauen über 50, die es nicht verlernt haben rot zu werden. Bei jungen Dingern in H&M-Tüchern reagiere ich phantasielos darauf. Bei den älteren ist das anders. Sie werden rot, obwohl sie schon einige Erfahrung haben. Und das wiederum ... egal!

Die Kundin bezahlte das Kostüm, ohne nach dem Preis gefragt zu haben, hinterließ bei mir aber die genauso einfache wie geniale Idee: Wie wäre es, den Zufall zur Methode zu machen? Genauer gesagt: die raffiniert geschneiderten Kleidungsstücke in schwierigen Fällen mit einer klitzekleinen Bemerkung „passend" zu machen. Das würde den Verkauf sehr fördern und wäre so ganz nebenbei ein gutes Werk.

Franca distanzierte sich von diesem Einfall. Kein Wunder, denn als Frau erkannte sie nicht den sportlichen Charakter meiner Idee und argumentierte, sich so etwas als seriöse Geschäftsfrau nicht leisten zu können. Als ich ihr aber auseinandersetzte, dass dies eine klassische win-win-Situation sei, ließ sie sich überzeugen. Und nachdem ich ihr zugesichert hatte, dem Gaul nicht die Sporen zu geben, sondern die Zügel stramm zu halten, vereinbarten wir, am Sonnabend vor dem vierten Advent einen Probelauf zu versuchen.

Natürlich war mir klar, dass alles darauf ankäme, meine verkaufsanregenden Bemerkungen so nebenbei wie möglich fallen zu lassen. Die einzige Regel, die ich mir jedoch auferlegte, war, jeweils nur eine der Kundinnen, die sich zur gleichen Zeit im Laden aufhielten, aufs Korn zu nehmen. Doch auch das fiel mir schwer, als ich bereits nach den ersten zwei oder drei Stunden nachweisbar fünf Damen zu ihrem Glück verholfen hatte und meine Jagdleidenschaft immer weiter angewachsen war. Innerhalb kürzester Zeit entwickelte ich eine Raffinesse, die mich selbst verblüffte.

Anfangs stöberte ich scheinbar ziellos zwischen den Kleiderstangen und schob Blusen hin und her. Tatsächlich wartete ich aber wie eine Spinne darauf, dass mir einer von den bunten Vögeln ins Netz ging, die da durch den Laden flatterten. Kam einer in meine Nähe, schlug ich zu. Zuerst mit einfachen, unbeteiligt wirkenden Bemerkungen wie „Können Sie tragen!" oder „Gefällt mir!" Und wenn das angekommen war – es kam immer an! –, legte ich nach. „Der Schnitt hat was!", „Wirkt irgendwie leicht!" oder „Sieht auch von hinten gut aus!"

Noch nie habe ich mit so wenig Anstrengung so viel Zuwendung erhalten. Egal, ob die Blicke, die ich erntete, eher schüchtern und unsicher oder überrascht und hoffnungsvoll waren: allesamt bewunderten sie mich! Gaben mir das Gefühl, ultimativ entscheidender Maßstab zu sein. Herr über Frauen. Profiteur in einem köstlichen Spiel. Denn die Prozente, die ich von Franca bekommen würde, waren mir gleichgültig. Der Weg war das Ziel! Erst als die Directrice mich abends nach dem Kassensturz fragte, ob ich vielleicht auch am Montag noch einmal ..., auch wenn das der Heiligabend sei, an dem sie aber nur bis 13.00 Uhr geöffnet habe – erst da kam ich wieder zur Besinnung.

Am Heiligabend brummte das Geschäft erst richtig. Was ich für gut und passend erklärte, wurde gekauft. Auf dem Tresen häuften sich die Klamotten, die festlich verpackt werden sollten. Und Franca schwitzte, weil das EC-Lesegerät viel zu langsam war.

Erst eine knappe Stunde vor Ladenschluss flaute das Geschäft ab. Zum ersten Mal roch ich die Fichte, die die Directrice am Morgen aufgestellt hatte. Wir atmeten durch und stellten uns auf den Abend ein. Heiligabend! Ich würde nach Hause gehen, mit meiner Frau gemütlich essen und dabei die Herdmanns hören. Ich würde ein Bad nehmen, heißes Wasser in den Schaum tropfen lassen und wie immer die Geschichte von Scrooge lesen. Und dann in die Kirche gehen.

Da betrat noch eine Frau das Geschäft.

Mitte bis Ende 50, üppige Oberweite, gemütliche Hüften, gut, aber offensiv geschminkt, Brillis – und ein leichter Tick ins Ordinäre. Sie deponierte eine riesige Tüte neben dem Tresen. Zu schwungvoll, denn die Tüte kippte um und gab ein Päckchen frei, das mit sehr leicht bekleideten, aus irgendeinem Grunde sehr aufgeregten Weihnachtsmännern geschmückt war. Es trug den Aufdruck „Erotik für Frauen". Als die Kundin unsere Blicke bemerkte, sagte sie souverän: „Zu Weihnachten darf man sich alles wünschen!"

„Und Sie: was wünschen Sie?", fragte Franca. Eine ausgezeichnete Reaktion, fand ich.

„Es muss vor allem meinem Mann gefallen!", war die Antwort. „Er wünscht sich einen fröhlichen Abend. Und den soll er haben!"

„Und was stellt sich Ihr Mann so vor? Was für ein Typ ist er?"

„Ja ..." – die Kundin schaute einen Augenblick in die Gegend, bevor sie mich entdeckte.

„So wie der da! Groß, sympathisch, bisschen zu mager leider."

Franca war das unangenehm, und sie hakte nach: „Ich meine: woran hat Ihr Mann denn Freude?"

Die Kundin überraschte mit einer einfachen Gegenfrage: „Ja, woran haben Männer schon Freude?"

Ich betrachtete die aufgeregten Weihnachtsmännchen auf dem Päckchen.

„Anregend muss es sein, nicht so viel Verpackung. Und die Knoten nicht zu fest – wenn Sie verstehen, was ich meine."

Franca schluckte und die Kundin kicherte, aber keineswegs verlegen. „Ich hatte mal einen, der wurde ungeduldig und kam mit 'ner Schere! Ganz im Ernst! Da haben alle Männer ein Problem. Alle! Aber egal, heute Abend ist das Fest der Liebe! Und das soll fröhlich sein! – Was ist das denn hier?"

Sie war an einen Kleiderständer getreten und hatte sich eines von diesen Fähnchen herausgefischt, die wenig verbergen, aber viel kosten.

Franca wies betont zurückhaltend darauf hin, dass dieses Kleid Größe 42 sei und vielleicht eine Spur zu eng.

„Ist sowieso nicht das, was ich suche. Da sieht er ja gleich alles. Bisschen ansteigende Spannung muss schon sein."

Ich fühlte mich aus verschiedenen Gründen angepiekt. Einer davon war die schlichte Psychologie, die hier so derb fröhliche Urständ' feierte. Oder war sie nur aus männlicher Sicht fehl am Platz? Ich hätte mich gerne zu Wort gemeldet, doch fehlte mir noch das überzeugende

Argument. Hier war eine Kundin, die ich anders anfassen musste.

Franca erkundigte sich indessen wenig einfallsreich nach der übrigen Garderobe der Kundin.

„Hab' eigentlich alles. Aber zu Weihnachten muss ich trotzdem was Neues haben. Er rechnet damit, und er soll es auch haben. Meistens macht er sowieso die Augen dabei zu, der Schnarchi!"

Das war mein Stichwort.

„Genießer", sagte ich laut und deutlich. „Er ist ein Genießer! Männer, die die Augen schließen, erheben die Wahrheit zum Göttlichen!"

Ich weiß nicht, wer mir das eingegeben hatte! Aber jetzt kam es drauf an. Ich suchte festen Kontakt zum Fußboden und schaute der Kundin geradewegs in die Augen, so männlich, wie ich konnte. Auf die nächste Sekunde kam es an! Und es war meine, denn die Kundin forderte: „Dann suchen Sie mir jetzt etwas aus. Der Preis spielt keine Rolle! Nur fröhlich muss es sein!"

Sie ließ ihren Pelz zu Boden fallen und präsentierte sich in teurem, eleganten Flatter. Einmal in Schwung, ließ ich mich davon aber nicht irritieren, sondern musterte ihre Figur betont streng und kam zu dem Urteil: „Sie brauchen etwas Hautfarbenes."

Sie zeigte sich interessiert.

„Wo man nicht genau weiß: ist man schon am Ziel oder

nicht. Verstehen Sie?"

Ihr Lachen schien voller Vorfreude. Und war hübscher, als ich vermutet hätte. Und vielleicht war sie auch gar nicht so blöd, wie ich dachte, denn sie fragte mich sehr charmant:

„Sie finden also auch, dass der Weg das Ziel ist?"

„So ist es", sagte ich. „Aber ankommen möchte ich trotzdem."

Franca zog sich diskret zurück, und ich kam zur Sache: „Wir hätten da ein Modell, das ich mir durchaus vorstellen könnte ... allerdings hat es seinen Preis."

„Und was wäre das?"

Ich zögerte absichtlich einen Moment, um die Neugier der Kundin weiter anzustacheln. Doch dann tat ich, was ich mir geschworen hatte zu vermeiden: ich gab dem Gaul die Sporen. Die waren spitz – und trafen die Flanke an ihrer weichsten Stelle. Ich sagte nämlich:

„Wir wollten es eigentlich nicht vor Silvester verkaufen, weil es doch sehr gewagt ist, vielleicht nicht ganz das Richtige für Weihnachten. Kommt aus einer ganz kleinen Firma, ganz neu, kennt niemand. Aber phantastisch!"

Ich wusste, wovon ich redete. Und sie wollte es auch sofort wissen. Franca hatte das gute Stück bereits geistesgegenwärtig auf den Tresen gelegt. Ich hielt es hoch und ließ den Stoff sanft über meinen linken Arm hinabschweben.

„Wollen Sie mal probieren?"

Die Kundin atmete tief durch.

„Meinen Sie, das kann ich ...?"

„Sie können!", versicherte ich. „Ihre Figur ist genau für dieses Modell gemacht. Sie haben so etwas ..." – jetzt musste ich wirklich aufpassen, dass mir der Gaul nicht durchging! – „so etwas weiblich Kräftiges, dem man sich als Mann anvertrauen möchte. So etwas ganz Anderes, das man erforschen und in das man sich versenken möchte. Verstehen Sie?"

Ich hätte nicht gedacht, dass sie fast schweigen konnte.

„Welche Größe ist das?", fragte sie sehr leise, als fiele nun eine sehr, sehr wichtige Entscheidung.

„Sechsundvierzig. Fällt aber größer aus. Passt Ihnen bestimmt, da bin ich sicher."

Sie nahm das Ding und verschwand in der Umkleidekabine. Ich atmete durch und stellte fest, dass keine andere Kundin mehr im Laden war. Es war bereits vorweihnachtlich still. Nur aus der Kabine hörte man es rascheln. Und dann so etwas wie ein Selbstgespräch, eine Art verbales Kopfschütteln: „Das sind ja ... das sind ja ..." Und dann hörte man es bis vierundzwanzig zählen.

Franca versuchte mir irgendwelche Zeichen zu machen. Sie gestikulierte und schnitt Grimassen, zeigte auf die Kabine und mir einen Vogel. Aber jetzt musste ganz allein das Schicksal entscheiden.

Und das tat es.

Als sich der Vorhang wieder öffnete, sah ich in ein überglückliches Kundinnengesicht.

„Sie sind ein Schatz!"

Ich half ihr in den Mantel und sagte: „Fröhliche Weihnachten!", was sie sicher anders verstand, als ich es gemeint hatte.

„Ihnen wünsche ich auch fröhliche Weihnachten!", gab sie zurück und meinte es sicher anders, als ich es normalerweise verstand.

Nach Geschäftsschluss ging ich zufrieden nach Hause und aß gemütlich mit meiner Frau, während im Radio die Herdmanns rumtrampelten. Danach nahm ich ein Bad, ließ heißes Wasser in den Schaum tropfen und las wie immer die Geschichte von Scrooge. Danach gingen wir in die Kirche.

Als dort der Segen gesprochen war und die Gemeinde das „Oh, du fröhliche!" anstimmte, laut und erwartungsvoll und wirklich fröhlich, musste ich mich umsehen. Hinter mir sang irgendjemand besonders laut: ein Mann, ziemlich groß, vielleicht ein bisschen mager, aber durchaus sympathisch. „Oh, du fröhliche!", sang er und machte den Eindruck, als wisse er, wovon er sänge.

Neben ihm stand ... Sie wissen schon! Sie schaute mich dankbar an, und dann ... dann schaute sie mir in die Augen und öffnete ganz kurz ihren Pelzmantel, ganz kurz, nur für mich. Und ich? Ich zuckte zusammen, mir stockte der Atem. Aber genauso schnell konnte ich auch wieder tief durchatmen: es war ja nur das hautfarbene Kleid. Und alle vierundzwanzig Knöpfe hoffnungsvoll verschlossen.

Oh, du fröhliche!

Der Mann in der Sparkasse

Der Heiligabend war müde.

Der Kerzenschein hinter den Fenstern war blass geworden und die Straßen sehr still. Nur wenige Menschen waren noch unterwegs. Einige auf dem Nachhauseweg von Besuchen; andere, die in die Späte Messe wollten. Alle versteckten sich vor der heftigen Kälte: ihre Gesichter krochen tief hinein in Mäntel und Schals; sie alle schienen ihrem Ziel entschlossen entgegen zu streben.

Wir hatten den Abend bei der Familie unseres Sohnes verbracht und gehörten zu denen, die auf dem Nachhauseweg waren. Meine Frau hatte sich bei mir eingehakt, und wir gingen glücklich und gedankenversunken durch die Nacht. Ein trautes Paar, dachte ich und drückte ihren Arm fester an mich. Sie schaute mich an, lächelte. Beseelt sprachen wir von unseren Enkelkindern und der wohligen, feierlichen Atmosphäre, für die unser Sohn und seine Frau gesorgt hatten. Wir hatten gesungen, sehr gut gegessen, Geschenke ausgetauscht und den Abend frei von Sorgen genießen können.

„Ob sie sich über das Geld für die Skiferien gefreut haben?", fragte meine Frau. Eine rhetorische Frage. Natürlich hatten sie sich gefreut! Zwar verschenken wir gewöhnlich kein Geld, aber wir wussten auch, dass sich die junge Familie ohne uns keine Skiferien leisten könnte. Und deshalb, und weil es uns selbst sehr gut geht, hatten wir leicht großzügig sein können.

„Es war ja auch für uns eine Freude, das tun zu können!", sagte ich, und meine Frau hakte sich noch tiefer bei mir ein.

Unser Weg führte uns eine Geschäftsstraße entlang. Viele Schaufenster waren immer noch hell erleuchtet. Doch die weihnachtlichen Dekorationen schienen schon ein bisschen aus der Zeit gerutscht; übermorgen, dachte ich, würden sie sehr schnell verschwinden. Und wie immer spürte ich eine Spur Wehmut, als ich daran dachte, dass wir uns wochenlang auf diese Tage gefreut hatten – und dass sie dann jedes Mal viel zu schnell vorbeigehen.

„Brauchen wir noch Geld?"

„Wieso?" fragte ich zurück, bemerkte dann aber das Gebäude der Sparkasse vor uns. Es war noch hell erleuchtet. „Nein!", sagte ich, denn unser Kühlschrank war gefüllt mit guten Sachen, und Geld könnten wir auch in den nächsten Tagen noch ziehen, sollten wir tatsächlich etwas brauchen.

Was ich sah, als wir an der Sparkasse vorbeigingen, gelangte erst ein paar Schritte später in meinen Kopf. Es war ein so außergewöhnliches Bild, dass ich es zunächst nicht realisierte. Als wollte ich die Seite eines Buches umblättern, weil sie mir nicht gefallen hatte und ich in der Geschichte schnell weiterkommen wollte. Doch dieses Bild ließ sich nicht mehr vergessen.

„Mein Gott!", sagte ich erschrocken.

„Was ist?", sagte meine Frau, ebenso erschrocken. Sie spürte, dass meine plötzliche Aufregung nicht gespielt war. Von einem Moment auf den anderen war sie gekommen, unvorhergesehen, unangekündigt.

„Was ist, sag doch!"

Ich zog sie am Arm die paar Meter bis zum Eingang der Sparkasse zurück.

„Da!"

Ich zeigte mit einer Kopfbewegung in den Vorraum der Bank. Der kleine Raum, der von den eigentlichen Geschäftsräumen getrennt ist, und in dem ein Kontoauszugsdrucker und zwei Geldautomaten stehen.

„Guck doch!"

Meine Frau näherte sich vorsichtig, Schritt für Schritt, der Glastür und zog mich mit. Als sie sah, was ich gesehen hatte, schauderte sie zusammen.

„Ist er tot?", fragte sie entsetzt, heftig atmend.

Was sollte ich darauf antworten? Ich wusste es ja auch nicht, hatte mich selbst nicht getraut, genauer hinzusehen.

„Wir müssen die Feuerwehr rufen!"

„Augenblick!", sagte ich, löste mich von ihr, zog mein Portemonnaie aus der Tasche, nahm die EC-Karte heraus und steckte sie in den Lese-Schlitz.

„Das tust du nicht!", forderte sie etwas zu hysterisch, wie ich fand. Doch es hatte bereits geklickt. Ich zog die Karte wieder heraus und öffnete die Tür.

Er lag – ich wundere mich heute noch, dass ich ihn im Vorübergehen entdeckt hatte – eng an die Wand gepresst. Eine große, kräftige Gestalt. Zugedeckt von einem Mantel, neben sich eine lederne Reisetasche. Er lag auf einer Isomatte und schlief, den Kopf zur Wand gedreht.

„Lass ihn!", flüsterte meine Frau. „Ja", flüsterte ich zurück.

Wir verließen behutsam die Bank und setzten unseren Weg nach Hause fort.

„Er muss eine EC-Karte haben", sagte meine Frau, als wir zu Hause waren, „sonst wäre er nicht hineingekommen."

„Naja, er kann sich auch schnell hineingedrängt haben in dem Moment, als ein anderer die Bank verließ."

„Aber er sah nicht aus wie ein Obdachloser. Hast du die Reisetasche gesehen?", sagte sie. „Und die Isomatte?"

Hatte ich.

Beide schienen ganz in Ordnung zu sein. „Sein Mantel

sah auch nicht unbedingt schäbig aus."

Wir rätselten. Erwogen die eine und die andere Theorie. Konnten den Fall aber nicht zufriedenstellend erklären.

Am nächsten Morgen, am 1. Weihnachtstag, führte uns unser Spaziergang – was wir nicht abgesprochen hatten! – wieder an der Sparkasse vorbei. Der Mann war verschwunden. Er hatte sogar den leeren Kaffeebecher mitgenommen, der neben ihm gestanden hatte. Wir waren erleichtert.

Aber abends war er wieder da. Und genauso am 2. Weihnachtstag. Er lag an derselben Stelle, kaum zu sehen im Vorübergehen.

„Komisch", sagte meine Frau, als wir zu Bett gingen.

„Warum komisch?"

„Weil niemand sich um ihn kümmert. Oder die Polizei informiert."

„Find ich nicht", sagte ich, „haben wir doch auch nicht." Und wir rätselten erneut.

Am Morgen nach Weihnachten hob ich Geld ab. Nicht am Automaten, sondern am Schalter.

Ich war der einzige Kunde, und im Schalterraum befand sich nur eine Angestellte. Es war dieses etwas hagere, verhuschte Wesen irgendwo in den Vierzigern. Scheu und ein winzige Spur devot den Kunden gegenüber;

sie beeilte sich zu auffällig, den Kunden jeden Wunsch schnellstens zu erfüllen, wie ich fand. Ich mochte sie nicht. Meine – zugegeben: etwas gemeine – Vermutung war, dass sie alleine in einem plüschigen Appartement lebte und abends im Bett Courths-Mahler las, auf dem Nachttisch ein gefülltes Sektglas, im Kopf die gewagtesten Träume.

„Was darf ich für Sie tun?", fragte sie mich mit einem gut gemeinten, aber verunglückten Lächeln. Sie stand auf der anderen Seite des Tresens und kratzte sich mit der linken Hand den rechten Unterarm. Das arme Hascherl! dachte ich.

Und hatte einen Einfall.

Ich nahm eine aufrechte Haltung an, beugte mich dann aber leicht nach vorne und sagte: „Wissen Sie, dass jede Nacht ein Mann hier im Vorraum schläft?"

Die Wirkung war wie erwartet.

Das Hascherl schaute erschrocken um sich.

Na, dachte ich, jetzt übertreibst du aber!

Doch dann – dann beugte sie sich vor zu mir und flüsterte mir mit fester Stimme zu:

„Bitte sagen Sie niemandem etwas davon!"

Sie wusste also Bescheid.

„Kennen Sie ihn?", fragte ich, die Erregung auf meiner Seite.

„Ja. Es ist der Herr Soundso (der Name tut nichts zur Sache). Er wohnt ein Stockwerk über mir."

Ich wartete auf mehr.

„Er hat sich mit seiner Frau gestritten. Heiligabend. Sie hat ihn rausgeworfen."

Ich wollte noch mehr.

„Er hat bei mir geklingelt. Aber ich konnte ihn doch nicht bei mir schlafen lassen."

„Warum ist er denn nicht ins Hotel gegangen?", wollte ich wissen.

„Die haben doch kein Geld, die beiden. Und ich musste doch helfen!"

Und da hast du ihm die Bank empfohlen, weil er sonst keine Herberge hatte, dachte ich. Mutig.

„Bitte sagen Sie niemandem etwas", bat sie mich noch einmal, „er kommt heute Abend wieder. Und morgen auch." Und ergänzte: „Der Vorraum ist ja geheizt."

Mir war klar, welches Risiko das Hascherl eingegangen war. Wenn man in der Bank spitz bekam, dass sie Herrn Soundso den Tipp gegeben hatte, musste sie mit unschönen Konsequenzen rechnen. Als ich mich umdrehte um zu gehen, sah sie attraktiver aus als vorher.

„Können wir denn etwas für ihn tun?", fragte meine Frau, als ich ihr berichtet hatte.

„Hab ich auch überlegt. Vielleicht können wir ihm heute Abend etwas bringen, einen kleinen Trost, eine kleine Aufmerksamkeit. Eine Art verspätetes

Weihnachtsgeschenk."

Sie überlegte.

„Vielleicht hat er es gar nicht verdient. Vielleicht war er hässlich zu seiner Frau."

„Egal", sagte ich, „nein, nicht egal! Aber ihn so büßen zu lassen, ist ja auch nicht nett."

„Und was willst du ihm bringen?"

Schwierige Frage. Eine Flasche Wein? Etwas zu essen? Das ging nicht, dann hätten wir aus ihm den Obdachlosen gemacht, der er gar nicht war.

„Er braucht einfach nur ein bisschen Zuspruch", sagte ich. Was das sein könnte, fiel mir aber nicht ein. Ich wollte das Hascherl fragen.

Am Nachmittag betrat ich also noch einmal die Sparkasse. Das Hascherl bediente gerade einen älteren Herrn, nickte mir aber freudestrahlend zu. Ich wunderte mich. Musste mich jedoch länger gedulden, bevor ich eine Erklärung dafür bekam, denn der Kunde unterhielt sich ganz offensichtlich sehr gerne mit dem Hascherl. Endlich fiel ihm nichts mehr ein, und er verließ das Gebäude. Sofort trat ich an den Schalter.

„Er ist wieder zu Hause bei seiner Frau. Sie haben sich vertragen!", juchzte sie, das Juchzen mühsam unterdrückend. Die Erleichterung, die in ihr steckte, war nicht zu übersehen. „Und stellen Sie sich vor: sie haben mich

Silvester zum Abendessen eingeladen!"

Ihre Arme und Beine, ihr ganzer Körper war in Unruhe; sie konnte sich kaum lassen vor Erwartung. Und auf ihrem Gesicht hatte sich nichts als Freude ausgebreitet.

Vollkommen unerwartet war auch zu mir – und als ich ihr brühwarm davon erzählte: ebenso zu meiner Frau – die Weihnachtsstimmung zurückgekehrt, die uns auf dem Nachhauseweg am Heiligabend so plötzlich verlassen hatte. Dass die Dekoration in den Geschäften längst verschwunden war, spielte keine Rolle.

Der Baum steht schief

Die Katze war ein Prachtexemplar. Das Fell schwarz wie die Hölle, die Augen feuergelb. Geschmeidig und vor Kraft berstend strich sie durch Haus und Garten.

Leider sahen wir sie nur selten. Das erste Mal, als sie in unsere Obhut gegeben wurde. Das war kurz vor Weihnachten, als ihr Frauchen sie brachte und sich zum Tauchurlaub auf die Seychellen verabschiedete. Und dann immer nur, wenn sie Hunger hatte. Bevor sie an den Futternapf strich, fauchte sie eine Reihe von Warnungen.

„Kommt mir bloß nicht zu nahe!"

Die Nahrungsaufnahme schien sie als notwendiges Übel zu betrachten, weil sie dazu aus dem Garten ins Haus musste. Aber sie spürte wohl, dass sie ihre prachtvolle Erscheinung nur so erhalten konnte. Diese ihre Liebe zur Unabhängigkeit war es, die aus dem Fest der Liebe beinahe ein Familiendrama gemacht hätte.

Es war Tradition, dass der Christbaum nach dem Frühstück ins Weihnachtszimmer getragen und dort von allen gemeinsam aufgestellt wurde. Wenn er stand und eher bescheidene Belastungsproben aushielt ohne sich in die eine oder andere Richtung zu neigen oder gar umzufallen drohte, mussten die Kinder das Zimmer verlassen und durften es erst abends, wenn der Baum geschmückt war, nach dem Kirchgang, wieder betreten.

Einen ersten Vorgeschmack des unseligen Sterns, der sich an diesem Heiligabend neben den von Betlehem geschoben hatte, bekam der Vater, als er die Tanne aus dem Garten ins Haus tragen wollte.

Es regnete.

Kaum hatte er mit der linken Hand den tropfnassen Baum ergriffen und suchte weiter unterhalb am Stamm auch für die rechte eine Zugriffsmöglichkeit, als ihn durch die dichten Zweige zwei starre Augen fixierten und ein Fauchen ertönte, dass ihm der Schreck tief in die Glieder fuhr.

Dabei machte er keine besonders männliche, überlegene Figur, und unglücklicherweise gab es Zeugen dieses Moments. Auch die beiden Kinder waren nämlich hinter dem Vater heimlich in den Garten gelaufen, weil sie den Umzug des Baums ins Haus kaum erwarten konnten. Der Vater ließ sich nicht anmerken, dass ihn das ausgelassene Lachen der Kinder befremdet hatte. Erst als der Baum im Weihnachtszimmer abgesetzt war und die

Mutter die schmierige Spur des Harzes entdeckte, die er auf Vaters Hose hinterlassen hatte, fiel es ihm schwer, sich zurückzuhalten.

„Nächstes Jahr holst du den Baum rein", sagte er vielleicht eine Spur zu heftig.

„Wieso?" fragte sie betont harmlos zurück.

Die Antwort, die er auf den Lippen hatte, gab er nicht, weil er gut damit beschäftigt war, das dicke Ende des Stammes in den Christbaumständer zu zwingen. Erst als ihm das nicht gelang, fiel ihm auf, dass seine Frau keinerlei Anstalten machte, ihm dabei zu helfen. Und es kam ihm in den Sinn, dass er wieder mal die unangenehme Drecksarbeit machten musste, während sie die Figuren der Krippe sortierte und silbernes Lametta in Portiönchen teilte.

„Mach den Scheiß' doch allein!", murmelte er vor sich hin, in der linken Hand den Christbaumständer und in der rechten das Stammende.

Nach ein, zwei Blicken gelang es ihnen zu zweit, den Baum an seinen Platz zu würgen und aufzurichten. Erst ihre Frage, ob die Tanne nicht doch lieber um 180 Grad gedreht werden sollte, damit die kräftigeren Zweige, die jetzt kaum zu sehen waren, nach vorne, ins Zimmer hinein, schauten, brachte das Fass zum Überlaufen.

„Weißt du", sagte er, „ich mach' hier die ganze Zeit den Hanswurst. Aber erst wenn ich damit fertig bin, dann kommst du mit deinen neunmalklugen Vorschlägen.

Für mich steht der Baum gut so!" Und süffisant fügte er hinzu: „Du kannst ihn natürlich gerne umdrehen, wenn du willst."

Dann verließ er den Raum und zog die Tür, nicht ganz unbeabsichtigt, heftig ins Schloss.

Aus dem Weihnachtszimmer war zwei Stunden lang nichts zu hören. Anfangs hielt er sich für den moralischen Sieger nach dem Motto: zu Unrecht verurteilt. Dann fing er an zu grübeln, wie das Ganze eigentlich begonnen hatte und warum es so eskaliert war. Das logisch aneinanderzureihen gelang ihm aber nicht. Stattdessen sah er vor seinem geistigen Auge, wie sie rote und silberne Kugeln putzte, wie sie Marzipan- und Nougatringe an die Zweige hängte und sich beim Anblick der Krippe in vollkommener Ausgeglichenheit verlor. Aber daran denken, dass in einer knappen Stunde der Gottesdienst beginnen würde und man rechtzeitig erscheinen müsste, wenn man einen guten Platz haben wollte, das tat sie wahrscheinlich nicht! Als weitere Minuten in gründlicher Stille vergangen waren, klopfte er an die Tür und rief so unverkrampft wie möglich: „Wir müssen langsam lo-ooos!"

„Du kannst die Kinder schon mal anziehen", kam es von innen. Sonst nichts. Als er die Kinder anzog und dabei ein Schuhband riss, erinnerte er sich daran, wie sie sich über ihn amüsiert hatten, als er vor der Katze zurückgeschreckt war. Daraufhin zog er die Reißverschlüsse der Winterjacken etwas heftiger zu, so dass die Kleinen ihn mit großen Augen erschrocken anguckten.

Natürlich gab es keine Sitzplätze mehr in der Kirche. Er musste Stühle aus der Sakristei heranschaffen und im Gang aufstellen. Dort zog es kalt vom Portal her. Und als die Gemeinde schließlich das „O du fröhliche!" anstimmte, schien sich die ganze Welt gegen ihn verschworen zu haben.

Der Dauerregen war jetzt dünner Schneefall. Auf dem Heimweg tobten die Kinder voller Vorfreude durch Büsche und Matsch, während Vater und Mutter wortlos nebeneinander her eilten.

„Vielleicht denkt sie über sich nach. Vielleicht tut es ihr leid!", redete er sich ein.

Es kam ihm vor, als sei sie nachdenklich geworden. Aber da hatte er sich wohl getäuscht. Denn als sie nach unverständlich langen Vorbereitungen im Weihnachtszimmer schließlich das „Ihr Kinderlein kommet!" auf dem Klavier anstimmte und er und die Kinder, wie es Tradition war in der Familie, gemeinsam das Weihnachtszimmer betraten, um im ersten Anblick der brennenden Kerzen das Gefühl zu haben: jetzt ist Weihnachten! – da ritt ihn der Teufel. Mit einem Unterton, der nur zu deutlich machte, dass es nur so und nicht anders hätte kommen können, sagte er:

„Der Baum steht schief!"

In der Tat neigte sich der Baum eine Spur nach links,

von der Zimmertür aus gesehen. Doch das war in diesem Augenblick vollkommen unwichtig. Viel beeindruckender war die starke Spannung, die plötzlich über mehrere Takte lang in der Luft hing. Die Anschläge waren spürbar härter geworden und das „Ihr Kinderlein kommet!" verlor seine Leichtigkeit. Dann brach es abrupt ab. Die Faust der Klavierspielerin fuhr mehrfach auf die Tasten hernieder, bevor der Klavierdeckel folgte und so heftig zuschlug, dass der Windhauch die Flämmchen auf den Kerzen zutiefst erschreckte.

Die Kinder standen bedröppelt da.

Er murmelte: „Tut mir leid, entschuldige!"

Sie hob den Deckel wieder an und spielte weiter. Allerdings ohne das „g", das unbeirrt schwieg, weil es gar nicht mehr anders konnte nach dem Treffer, den es abbekommen hatte. Es hörte sich an wie eine Strafpredigt. Und es drang ihnen beiden, der Mutter wie dem Vater, tief ins Gewissen, jedes Mal von neuem, wenn es nicht mehr klang.

Erstaunlich war, dass das „Ihr Kinderlein kommet!" diesmal so viele Strophen hatte wie noch nie. Und dass jedes Mal, wenn das „g" eine Lücke hinterließ, die Stimmung besser wurde.

Den Einsamen
eine Freude machen

Wenn alles gut geht, gerät man um Mitte dreißig herum in einen angenehmen Zustand: man lebt in einer schönen Wohnung, hat keine finanziellen Sorgen, stattdessen eine reizende Frau und bezaubernde Kinder. Kurz: man genießt das Leben!

Eines schönen Tages schlägt man aber ahnungslos die Wochenendseite der Tageszeitung auf und liest von denen, an die das Leben nicht gedacht hat: Arme, Alte, Kranke, Einsame.

Und wenn es ganz schlimm kommt, prallen diese beiden Welten ausgerechnet in der Vorweihnachtszeit aufeinander.

Die einen planen ein Fest. Das klare Ziel vor Augen, kämpfen sie sich mit prall gefüllten Tüten durch die dröhnende Stadt, stapeln Delikatessen in ihrer Speisekammer und geben Abendkleider in die Reinigung, denn am Heiligen Abend soll alles bereit sein für den ersehnten Rückzug in den engsten Familienkreis.

Die anderen, die sich am liebsten immer mehr verkriechen würden, je näher Weihnachten rückt, werden von Gutmenschen an die Öffentlichkeit gezerrt. Sie spielen die traurige Hauptrolle in seitenlangen Reportagen, starren einem unglücklich aus Bettelbriefen entgegen, schweben drohend über den Häuptern der Kirchgänger und stochern so permanent in der Wunde unseres schlechten Gewissens.

Das kann einem alles vermiesen!

Es sei denn, man stellt sich dem Problem offensiv, um die schönsten Tage des Jahres doch noch unbeschädigt zu erleben.

In unserem Fall war es der Pastor, der Rat wusste. Er habe, verkündete er, mehrere Adressen von alten und einsamen Leutchen, die sich über einen unerwarteten Besuch und ein kleines Geschenk am Heiligen Abend riesig freuen würden. Ein paar freundliche, liebevolle Worte, eine gemeinsame Tasse Kaffee vielleicht: das würde Wunder wirken. Es müsse ja nicht viel kosten. Vielmehr komme es auf die Überraschung an, das Gefühl, nicht vergessen zu sein. Wer also eine Adresse haben wolle...

Meine Frau und ich wollten. Es war uns gleich klar, dass so ein Besuch unser eigenes Fest noch ein Stück aufwerten würde! Das Gefühl, Gutes getan und für bescheidenes Glück gesorgt zu haben, ließ uns einen angenehmen Schauer über den Rücken laufen. Die ungläubigen Gesichter, wenn wir jungen Leute vor der Türe stehen würden – großartig! Die bescheidene Selbstverständlichkeit, mit der wir uns in einem spießigen Wohnzimmer an den Sofatisch setzen und eventuell ein paar Kekse von Aldi knabbern würden – hinreißend! Die verlegene und zugleich glückliche Nervosität, die zu spüren wäre! Das wäre Weihnachten, richtige Weihnachten!

Also erhielten wir die Adresse eines älteren Paares mit Namen B. Es lebte in einem der großen Mietshäuser an der Ringstraße, sicherlich kein Spaß, was den Verkehrslärm anbelangt. Natürlich entsprechend billig. Wie alt die Leutchen waren, konnte unser Pastor nicht genau sagen; die beiden waren erst vor einigen Monaten in die Gegend gezogen und hatten wenig Kontakt zur Gemeinde, seien erst ein- oder zweimal im Gottesdienst gewesen. Scheu seien sie jedenfalls, wenn man ihnen auf der Straße begegne. Zurückhaltend. Unsicher, was psychologisch gesehen alles andere als ein Wunder sei. Und sie gehbehindert.

Der Heilige Abend kam. In der Nacht vorher hatte es zu schneien begonnen, richtigen Schnee, der sogar für eine Weile auf der stark befahrenen Ringstraße liegen blieb. Und als es Morgen wurde, sah die Welt sauber aus.

Irgendwie beruhigend. Die Autos schlichen durch die Gegend. Von den Bürgersteigen hörte man das Scharren und Klopfen der Schneeschaufeln – und von oben sank es immer noch weiß hinunter. Der Himmel war so grau, dass es wohl noch einige Zeit andauern würde.

Das alles steigerte die Erwartungen auch bei uns. Letzte, erwartungsfrohe Einkäufe wurden erledigt. Trinkgelder, die an diesem Tag in die rotgefrorenen Hände der Christbaumverkäufer glitten, waren höher als üblich. Und die Geduld in den Warteschlangen der Supermärkte vorbildlich. Überall war Entschleunigung zu spüren, selbst gewöhnlich steil abstürzende Gesichtsfalten erprobten sich in vielen Fällen an einer Art Gegenbewegung.

Schließlich war alles vorbereitet. Der Baum reckte sich kerzengerade bis dicht unter die Zimmerdecke und war so reich geschmückt wie selten, die Gans lag vollgestopft im Ofen – da war nur noch ein Knopf zu drücken – , und die Geschenke warteten zahlreicher als je zuvor, obwohl wir uns mehrfach versichert hatten, nicht mehr so viel schenken zu wollen wie im Vorjahr.

Als der Nachmittag kam und die Zeit, da wir unseren Besuch in Angriff nehmen sollten, gaben wir unsere Kinder bei den Nachbarn ab. Sie wären zu gerne mitgekommen, hatten auch intensives Interesse an den beiden Leutchen gezeigt, denen ihre Eltern zu Weihnachten eine „Riesen" – Freude machen wollten und immer neu spekuliert, was das wohl für welche seien. Als es dabei immer abenteuerlicher zuging und die Kinder mit Anspannung im heißen Gesicht die wildesten Vermutungen äußerten, etwa dass die Alten vielleicht nicht mal einen Weihnachtsbaum hätten und auch gar keine Geschenke und vielleicht auch gar nichts Richtiges zu essen und möglicherweise frieren, mussten wir sie ernsthaft zurechtweisen, obwohl wir Verständnis für sie hatten.

Vor der Haustür in der Ringstraße schauten meine Frau und ich uns tief in die Augen, dann klingelte ich. Der Türöffner summte, wir klopften die Schneeklumpen von den Stiefeln und stiegen durch das etwas muffige Treppenhaus hinauf in den zweiten Stock. Meine Frau trug den Tannenzweig mit den Sternen, die unsere Kinder gebastelt hatten, ich das kleine Geschenk.

„Ja, bitte? Was wünschen Sie?"

Frau B., die schon in der geöffneten Wohnungstür wartete, schaute uns überrascht an. Sie stützte sich mit einer Hand am Türrahmen ab, mit der anderen auf der Klinke.

„Möchten Sie zu uns?"

„Ja", sagte ich, „entschuldigen Sie die Störung. Meyer mein Name, meine Frau! Wir kommen von der Kirchengemeinde Soundso..."

Frau B. zögerte, was einen klitzekleinen Schub von Missbilligung in mir auslöste, aber da wir selbstverständlich nicht aussahen wie Vertreter oder gar Einbrecher, sondern wie gebildete und vertrauenswürdige Menschen, und da sie inzwischen wohl auch den Tannenzweig und das Geschenk bemerkt hatte, bat sie uns herein. Gleichzeitig rief sie hinter sich in die Wohnung: „Helmut!!!? – Kommen Sie, wollen Sie ablegen?"

„Ach, wir möchten eigentlich keine Umstände machen, aber doch, ja, für ein paar Minuten vielleicht doch."

Es roch nach gar nichts in dem kleinen Flur, was mich seltsam überraschte. Außerdem war er sparsam möbliert. Ein großer Spiegel mit Intarsien im Rahmen, Perlmutt, und davor, passend, ein eher kleines Tischchen. Darauf eine silberne Schale mit einer silbernen Kleiderbürste. Eine winzige Garderobe. Mehr nicht. Keine Kommode, die in solchen Wohnungen normalerweise den halben Flur ausfüllt und vollgestopft ist mit allem, was man nicht unbedingt zur Schau stellen will.

„Sie trinken doch gewiss ein Tässchen Kaffee mit uns? Wir wollten gerade einen aufbrühen."

Meine Frau und ich taten, als ob wir unschlüssig seien.

„Na, nun geben Sie sich einen Ruck! Ist doch Heiligabend."

Frau B. strahlte mich nachdrücklich an und nahm mit wohltuender Selbstverständlichkeit den Tannenzweig entgegen. Wir legten ab, wobei meine Frau unaufdringliche Hilfe erhielt von Herrn B., der inzwischen auch zu unserer

Begrüßung erschienen war. Dann betraten wir das Wohnzimmer. Rechts vom Fenster, zu Straßenseite hin, stand ein Weihnachtsbaum. Eine kleine, aber überraschend gut gewachsene, frisch duftende Tanne, geschmückt nur mit roten Kugeln und vielen Engeln. Auf halber Höhe einer mit schwarzer Hautfarbe und türkis leuchtenden Flügeln, eine Harfe durch den Himmel transportierend. Die Kerzen brannten schon. Erst beim zweiten Hinsehen fiel mir die Krippe auf, die sich unter den tiefer hängenden Zweigen versteckt hatte und weit um den Stamm des Baumes drängte. Der Stall war nicht beleuchtet.

Herr B. wies einladend auf das Sofa.

Da war es Zeit für mein Sprüchlein.

„Wir kommen von der Soundso-Gemeinde und wollten Ihnen zu Weihnachten einfach nur ..."

„Möchten Sie den Kaffee vielleicht mit etwas Kardamom?"

Frau B. schaute um die Ecke.

„Passt sehr gut zum Stollen! Sie werden sehen!"

Herr B. nickte uns zu. „Versuchen Sie es ruhig mal, es ist etwas ganz Besonderes!"

Ich legte das Geschenk vor mich auf den Tisch, langsam und bedächtig, obwohl kaum Bruchgefahr bestand. Dann versuchte ich gleichzeitig ein Gespräch zu bestreiten und mich unauffällig im Zimmer umzusehen. Mir gegenüber, aber auch zum Flur hin zogen sich Bücherregale an den Wänden entlang, allerdings nur bis in die Höhe der Sitzmöbel. Darüber hingen etliche Zeichnungen und Grafiken. Soweit ich erkennen konnte, waren mehrere Lithographien darunter. Eigenartig.

„Liebling ... !" Die Stimme meiner Frau klang wie ein Wecker.

„Herr B. hat gefragt, ob Du die Berggruen-Sammlung in Charlottenburg gesehen hast."

Freundlicherweise humpelte in diesem Augenblick Frau B. mit einem gut gefüllten Tablett ins Zimmer. Ich hielt unwillkürlich den Atem an, doch meine Monika nahm ihr die Last ab. Gemeinsam deckten die beiden Frauen Geschirr und Besteck. Und dann schnitt Frau B. einen Stollen an, der mir das Wasser im Munde zusammenlaufen ließ, obwohl ich mir zu Hause im Stehen vorsichtshalber noch ein Schinkenbrot geschmiert hatte. Der Stollen, das sah ich gleich, war vollkommen ausgewogen in der Verteilung seiner Zutaten: die Scheiben, kaum abgetrennt, sanken in träger und reifer Schwere eine um die andere zur Seite und entblößten dabei eine zartfeuchte Flanke mit kaum erkennbaren Spuren von Marzipan. Ohne auch nur das kleinste Stückchen probiert zu haben, ahnte ich bereits die schwarze Vanille, gepaart mit dem Schmelz hauchdünner Mandeln.

„Darf ich?"

Frau B. hob mir eine sehr großzügig bemessene Scheibe

auf den Teller, begleitet von dem anerkennenden Blick ihres Mannes.

„Den macht sie schon seit 40 Jahren selbst", sagte er, „seit wir in Shantiniketan gearbeitet haben. Sie werden gleich schmecken, warum."

Shantiniketan?

Ich war ein Spur verunsichert, als ich die Gabel zum Mund führte. Meine Frau, das sah ich, war schon weiter: sie zerdrückte gerade ein erstes kleines Pröbchen zwischen Zunge und Gaumen und betätigte ihren Kauapparat, als koste sie einen besonders guten Rotwein.

„Kumin!" strahlte sie den Hausherrn an.

„Richtig!", sagte der. „Kumin! Hätten Sie jemals gewagt, einen Christstollen mit Kumin zu backen?"

Richtig! Jetzt, bei Kumin, fiel es mir ein: Shantiniketan war doch der Ort in Indien, der durch Tagore berühmt geworden war, den Dichter. Oder? Sicher war ich mir nicht.

„Das hätte ich ja auch nie gewagt, wenn mir der Kumin nicht unglücklich in den Teig gelangt wäre!", bemerkte Frau B.

„So entstehen oft die besten Rezepte!", versicherte meine Frau. „Und der Kaffee mit dem Kardamom passt wunderbar dazu!"

Ich für meine Person wollte jetzt nicht noch weiteres Terrain aufgeben und wagte einen mutigen Vorstoß, fast einen Bluff, indem ich waghalsig posaunte: „Wer in Shantiniketan lebt, der muß ja zum Dichter werden! Auch beim Kochen und Backen!"

Die Reaktion darauf war unbeschreiblich. Unsere Gastgeberin erhob sich raketenhaft von ihrem Stuhl und streckte – ich fürchtete um ihr Gleichgewicht – beide Arme in meine Richtung: "Wie Sie das gesagt haben! – Helmut, hast Du das gehört?"

Er hatte! Und zielte seinerseits – anerkennend – mit der Kuchengabel auf mich: "Tagore hätte sich riesig gefreut! Denn die Kultur zeigt sich gerade auch im Essen. Das wissen die Bengalen besser als jeder andere."

Seltsamerweise fielen in diesem Augenblick unser aller Augen auf das Geschenk, das wir mitgebracht hatten, und das immer noch unausgepackt auf dem Tisch neben der Schale mit dem köstlichen Stollen lag. Am liebsten hätte ich es unbemerkt wieder eingepackt, aber dazu war es zu spät. Also versuchte ich es nach dem großen Erfolg noch einmal mit der Flucht nach vorn.

"Ach ja, wir haben Ihnen eine Kleinigkeit mitgebracht. Nichts Besonderes, also ..."

Ich stotterte etwas hilflos und überreichte Frau B. den "kleinen Gruß" zum Christfest. Dass meine Frau sich dabei innerlich auf die Lippen biss, konnte mir nicht entgehen. Und es war uns beiden zutiefst peinlich, als unsere Gastgeberin die etwas plumpe Glasschale aus dem Geschenk-papier zog, in dem vor einem Jahr noch die Schale aus dem Programm der Königlichen Porzellan Manufaktur verpackt war, die uns noch gefehlt hatte, und die wir von meiner Schwiegermutter bekommen hatten. Die Schale, die Frau B. jetzt auf eine erleichternde Art bewundernd in Händen hielt, stammte aus dem Prozente-Laden von Budnikowsky. Und die Kekse, die wir darauf verteilt hatten, waren leider etwas ramponiert. Durch den wahrscheinlich ungeschickten Transport waren die meisten von ihnen nicht mehr einteilig, sondern in größere und kleinere Krümel zerfallen.

„Oh!", kiekste meine Frau und tat erschrocken, „wenn das unsere Kinder sähen!"

„Ach, die haben Ihre Kinder gebacken!"

Frau B.'s Finger kreisten über dem Unglück in der Schale und pickten schließlich ein Plätzchen hervor, das sie sich höflich in den Mund schob. Ich musste an den Stollen denken.

„Wie alt sind denn Ihre Kinder?"

Meine Frau gab Auskunft; ich wurde unruhig. Kinder sind ein abendfüllendes Thema, aber heute war Heiligabend, und wir mussten irgendwann und nicht zu spät wieder nach Hause.

„Unsere sind natürlich schon älter", bemerkte Herr B. „Und leider weit weg. Unsere Tochter lebt mit ihrer Familie in Kalifornien. Und der Sohn ist wieder nach Indien gegangen."

„Sehen Sie sich denn ab und zu mal?", fragte ich dann doch ehrlich interessiert.

Die beiden alten, armen und einsamen Leutchen lächelten sich an.

„Wir fliegen heute Abend nach L. A.", nickte er. „Morgen früh, zur Bescherung, sind wir da!"

Mir schoss das Blut ins Gesicht.

„Heute Abend fliegen Sie noch nach Kalifornien? Ja aber, dann, um Gottes Willen, dann sind wir ja völlig fehl am Platze."

„Warum? Wir müssen erst in zwei Stunden aufbrechen. Die Koffer sind fertig gepackt, und das Taxi ist vorbestellt."

Herr B. zerknüllte seine Serviette, erhob sich aus seinem Sessel und strahlte mich an.

„Was halten Sie von einem schönen Cognac?"

Mit den Cognacs, die mindestens erstklassig waren, geriet unser Gespräch richtig in Fahrt. Es wurde nicht nur amüsant, sondern beinahe ausgelassen. Herr B. brachte mich dazu, ausführlich von meinen beruflichen Erfolgen zu berichten. Und jedes Mal, wenn ich zu meiner Frau hinüberschaute, konnte ich erkennen, dass auch sie mit glänzenden Augen auf Frau B. einsprach; die beiden verstanden sich offensichtlich großartig. Jedenfalls erwiesen sich beide B.'s immer mehr als glänzende, interessierte, zugewandte Unterhalter. Und die Königin-Pasteten, die wir schließlich noch kosten mussten, waren dem

Stollen an Qualität zweifellos ebenbürtig. Hätte uns vier jemand von außen betrachtet, er wäre überzeugt gewesen, alte Freunde bei vertrauten Gesprächen zu sehen.

Nachts, als wir in unseren Betten lagen und Monika, wie immer, das Dies und Das des Tages noch einmal rekapitulierte, erfuhr ich, dass Frau B. uns wieder zu sich eingeladen hatte – Mitte Januar, nach ihrer Rückkehr aus den USA.

„Weil sie es so reizend mit uns fanden!"

Am nächsten Morgen, am ersten Weihnachtstag, schloss der Pastor in seine Fürbitten alle Alten, Schwachen, Kranken und Einsamen ein. Doch der Gottesdienst war traditionell sehr schlecht besucht, wie immer am 1. Weihnachtstag. Wir waren auch nicht da. Wir saßen mit den Kindern am Frühstückstisch und erzählten, dass die „alten Leutchen" einen kleinen, aber feinen Weihnachtsbaum hatten und einen Stollen, wie wir ihn noch nie gegessen hatten.

Die Kinder waren sichtlich enttäuscht.

Und die B.'s schon im Landeanflug auf L.A.

Die Kuh im Schneetreiben

Am Abend des 23. war es kalt und trüb. Schwere Wolken zogen bedächtig über den Himmel.

„Es gibt Schnee!", sagte Opa Wilhelm beim Abendbrot.

Er behielt Recht. Als Hänschen am 24. aus dem Fenster guckte, war die Welt weiß.

Das Zimmer, in dem er schlief, lag direkt unter dem Dach. Es hatte keinen Ofen, aber ein riesiges Plumeau auf dem Bett. Wenn Hänschen schlafen ging, musste er sich das eiskalte Ungetüm schnell über den Kopf ziehen und tief ein- und ausatmen; dann wurde es langsam warm.

Hänschen zählte bis hundert. Später, wenn er sich mit dem Kopf wieder hervorgetraut hatte und ins Dunkle starrte, wartete er gespannt auf ein Auto. Viele fuhren nicht auf der Straße; sie endete am Waldrand, nur wenige Häuser weiter. Wenn ein Auto kam, tastete sich Scheinwerferlicht durchs Dachfenster, huschte über die Wände, streifte die Zimmerdecke und turnte über den Schrank.

Dabei entdeckte Hänschen immer neue Figuren in dem Lichtspiel. Manche sahen aus wie Kobolde, die schnell anwuchsen und sich dann eilig wieder entfernten. Oder wie leuchtende Spinnen, die geschmeidig über alle Hindernisse kletterten und dann in einer Höhle hinter dem Schrank verschwanden.

Unten hörte Hänschen die Großeltern miteinander sprechen. Dann war es wieder still, ganz lange. Und dann war es, als würden Möbel gerückt. Sie machen das Weihnachtszimmer fertig, dachte Hänschen. Er nahm sich vor, am nächsten Tag besonders lieb zu sein. Er war so gern bei den Großeltern, die nie über die Schule redeten. Er spürte, dass sie ihn über alles schätzten, und dass sie sich auf den Weihnachtsabend mit ihm und seinen Eltern freuten – vor allem mit ihm!

Am Morgen war der Schnee da. Die Welt vor dem Fenster hatte sich vollkommen verwandelt. Alles Eckige war rund geworden. Das Schwarz der Straße verschwunden. Und der Waldrand ein schwacher, dunkler Streifen auf weißem Grund.

Auf dem Küchentisch stand nur noch ein Teller; die Großeltern hatten bereits gefrühstückt. Oma Hilde saß da in ihrer Backschürze, auf dem Küchentisch das zerfledderte Kochbuch, das sie gar nicht brauchte, denn den Weihnachtskuchen hatte sie schon 100mal gebacken, den konnte sie auswendig.

„Willst du nicht die Schüssel auslecken", fragte sie.

Doch dazu hatte Hänschen keine Zeit. Denn Reinhard, sein Freund von nebenan, klopfte schon mit den Fausthandschuhen ans Fenster.

Oma Hilde hatte große Mühe, Hänschen in die dicke Winterjacke einzupacken; er trat ungeduldig von einem Bein aufs andere, während sie versuchte, die Knöpfe zu schließen. „Mach keine wilden Sachen!", bat sie ihn. „Geh' nicht auf die Kuhwiese. Und komm' nicht so spät zurück! Heute ist doch Weihnachten!", rief sie hinter ihm her.

Die beiden Jungen zogen nebeneinander ihre Schlitten durch den Schnee; dabei nutzten sie die Spur eines Autos. Es hatte wieder zu schneien begonnen; und man konnte nicht weit sehen.

„Was kriegst du zu Weihnachten?", fragte Reinhard.

„Weiß nicht." – „Hast du dir nichts gewünscht?" – „Doch. D-Zug-Wagen." – „Und? Kriegst du die?"

„Weiß nicht", sagte Hänschen nochmal. Er wusste es wirklich nicht. Er wusste nur, dass seine Großeltern nicht viel Geld hatten. „Wünsch dir nicht so was Teures!", hatten seine Eltern gesagt. „Das kann Oma nicht!"

Wäre Hänschen älter gewesen, hätte er gedacht: Das muß sie auch nicht. Es ist auch ohne Geschenke schön bei den Großeltern. Aber Hänschen war erst sieben.

Das Schneetreiben wurde dichter.

„Lass' uns auf die Kuhwiese gehen", sagte Reinhard.

„Die ist nicht so weit."

„Darf ich nicht", sagte Hänschen. „Wegen dem Stacheldrahtzaun."

„Wir passen doch auf!", entgegnete Reinhard.

Hänschen zögerte. Aber man konnte nicht mehr weit sehen, und er hatte keine rechte Lust, weit zu laufen. Die Kälte war längst durch seine Handschuhe gedrungen, und die Schneeflocken trafen immer heftiger in seine Augen.

Die Kuhwiese zog sich vom Waldrand hinunter zum Bach. Hänschen und Reinhard kannten sie in- und auswendig; im Sommer waren sie fast täglich hier. Und sie wussten genau, wo der Stacheldrahtzaun verlief, der ihnen gefährlich werden konnte.

Als sie sich bäuchlings auf ihre Schlitten warfen und die Abfahrt begannen, nahm Hänschen sich vor, nicht zu schnell zu fahren und rechtzeitig abzubremsen. Doch der Schnee war glatt, und das Gefühl den Hang hinunter- schießen, war berauschend.

Bald hatten sich die Jungen aus den Augen verloren.

Hänschen jagte hinab Richtung Bach und versuchte, die Augen halb geschlossen, durch das Schneetrieben nach vorne zu schauen und den Zaun rechtzeitig zu erkennen. Da, von einer Sekunde auf die andere, kam ein schwarzes Ungetüm auf ihn zu, das heißt: es stand. Denn es war ja Hänschen, der auf den schnell größer werdenden schwarzen Klumpen zuschoss. Zu spät! Es war viel zu spät, auszuweichen. Und so glitt Hänschen wie eine Rakete auf das Hindernis zu – und unter ihm hindurch. Schützend hielt er die Hände vors Gesicht. Dann klatschte es gegen Schulter und Wange.

Im selben Augenblick setzte sich das Hindernis in Bewegung und stob davon. Der Schlitten erhielt einen heftigen Schlag.

„Die Kühe sind noch auf der Weide!", schoss es Hänschen durch den Kopf. Er breitete seine Beine aus und stemmte sie wie Bremsanker gegen den Schneeboden, so dass zwei große weiße Wolken entstanden. Nach 15, 20 Metern kam er zum Stehen. Etwas benommen stand er vom Schlitten auf und versuchte, die Kuh im Schneetreiben zu entdecken. Nichts. Auch Reinhard war verschwunden.

Hänschen klopfte den Schnee von seiner Kleidung und stapfte, den Schlitten hinter sich her ziehend, Richtung Zaun. Der Schreck steckte metertief in ihm. Da hörte er eine Stimme rufen. Sie drang durch die Schneewand, aufgeregt, wütend, böse.

„Hallo!"

Es war nicht Reinhard. Es war der Bauer, der seine Kühe auf dieser Wiese hatte. Hänschen kannte ihn. Und er wusste, dass er es nicht gern sah, wenn Kinder auf seiner Kuhwiese waren.

Hänschen schlich davon. Der Schreck, den er bekommen hatte, hatte sich in Angst verwandelt. Vielleicht war die

Kuh verletzt?

Der Bauer durfte ihn nicht erkennen, das war Hänschen klar. Also schlug er einen weiten Bogen um die Stimme, traf auf den Zaun, folgte ihm, erreichte die Straße und lief mehr als er ging zum Haus der Großeltern zurück.

Die freuten sich, dass er wieder da war.

„Ja, man kann ja die Hand vor Augen nicht mehr sehen bei dem Schnee", sagte Oma Hilde. „Zieh dir die nassen Sachen aus. Ich mach' dir' n heißen Kakao!"

Hänschen konnte sich nicht darauf freuen. Was war, wenn die Kuh verletzt war? Hatte der Bauer ihn erkannt?

Er ließ sich Zeit mit dem Umziehen. Der Kakao war nur noch lauwarm, als Hänschen sich an den Küchentisch setzte.

„Was ist, Junge?", fragte Oma Hilde. „Freust du dich gar nicht auf Weihnachten?" – „Doch", sagte Hänschen kleinlaut.

„Dann trink! Musst doch stark sein, wenn du heute Abend länger aufbleiben willst. Willst du 'n Früchtebrot?"

Hänschen schwieg. Dunkle Befürchtungen im Kopf. Er nippte an dem kalten Kakao. Die Küchenuhr tickte. Oma Hilde stand vor dem Herd. Hänschen nippte.

Wenn der Bauer ihn erkannt hatte, dann würde er kommen und den Großeltern alles erzählen. Und dann wäre Weihnachten nicht mehr Weihnachten.

Die Küchenuhr tickte. Halb vier. Es begann schon

wieder dunkel zu werden.

Da ging die Klingel.

Oma nahm die Schürze ab und öffnete die Haustür. Reinhard.

„Fröhliche Weihnachten", hörte Hänschen ihn etwas betreten wünschen. Oma Hilde zog ihn in die Küche.

„Möchtest du auch einen Kakao?"

Reinhard nickte und schob sich zu Hänschen auf die Bank. Zu sagen hatten sich die beiden nichts. Es reichte ihnen vollkommen, dass sie beide zusammen da saßen und Oma Hilde am Herd zuschauen konnten.

Da klingelte es noch einmal.

Oma nahm die Schürze wieder ab und öffnete die Haustür. Man hörte eine Männerstimme. Zu verstehen war nichts. Dann Oma. Dann wieder die Männerstimme. Die Männerstimme war aufgeregt, kein Zweifel. Schritte im Flur. Und dann standen sie in der Küche, Oma Hilde und der Bauer. Und Hänschen sackte innerlich zusammen.

„Da haben wir dich ja!", sagte die Männerstimme. „Hab` ich mir doch gedacht, dass du das warst!"

Hänschen war alles egal. Hauptsache, bald ist alles vorbei, dachte er.

„Geht's dir gut?", fragte der Bauer.

Das Strafgericht hatte begonnen. Hänschen schwieg. Nippte an der leeren Kakaotasse.

Da zog der Bauer etwas unbeholfen ein kleines Päckchen aus seiner Jackentasche und legte es vor Hänschen auf den Tisch.

„Ich hatte schon gedacht, dass du verletzt bist. Aber da bin ich ja froh!"

Er strich das zerknitterte Weihnachtspapier glatt. Und dann patschte er Hänschen sichtlich erleichtert seine breite, flache Hand ins Kreuz.

„Fröhliche Weihnachten! Nächstes Jahr hol` ich die Kühe früher von der Weide... Da bin ich ja froh!"

„Fröhliche Weihnachten!", flüsterte Hänschen. Aber innen hörte er seine Stimme ganz laut.

Weihnachten wie immer

In dem kleinen Saal standen vier große Tische mit je sechs Stühlen. Fast alle waren schon besetzt, nur an einem der Tische waren noch mehrere Plätze frei. Ich grüßte das Paar, das dort saß, und ließ mich nieder. Es war noch still im Raum. Abwartende Stille.

Mit Beginn der Rentenzeit ändert sich manches! Ein flüchtiger Blick genügte um zu wissen: Ich bin der jüngste! Nach vielen Jahren, in denen das Gegenteil immer häufiger der Fall gewesen war, ist das eine Erfahrung, die man nicht mehr für möglich gehalten hat.

Neben dem Tellerchen lag eine Kuchengabel. Ich nahm sie in die Hand und betrachtete sie geduldig. Ich drehte und wendete sie und legte sie zurück auf die Serviette mit den barocken Weihnachtsmotiven. Dann untersuchte ich das Klarsichttütchen mit dem rosa Bändchen und den drei selbstgebackenen Plätzchen, das an meinem Platz lag. Schaute auf die Uhr, fingerte mein Handy aus der Hosentasche und überprüfte die eingegangenen Mitteilungen. Es gab keine neuen. Und weil es immer noch nichts zu tun gab, schaltete ich das Handy aus. „Good bye!", sagte es.

Da wurde an einem der Tische gelacht. Die Damen, die dort Platz genommen hatten, waren allesamt älter als 80, kein Zweifel. Teller und Tassen standen noch unbenutzt vor ihnen, aber zwei der älteren Herrschaften, die sich über Eck gegenübersaßen, waren offenbar entschlossen, in Stimmung zu kommen. Sie hatten sich einander zuge-wandt, hielten, die Arme von sich gestreckt, ihre Handflä-chen gegeneinander wie Jugendliche, die sich begrüßen, und strahlten sich an. Keimzelle der guten Stimmung. Und, wenn ich das ohne arrogant zu werden als Jüngster erwähnen darf: ein Beispiel dafür, dass man als älterer Mensch neue Prämissen setzt.

Die eine der Damen war hochaufgeschossen, dürr, skelettmäßig, mit einer Pony-Frisur wie der von Cleopatra; abgesäbelt wie mit dem Pisspott, sagt man im Rheinland. Die Haare jedoch nicht seidig und tiefschwarz, sondern silbern und dünn. Hellblaue Strickjacke mit vergoldeten Knöpfen, schwarze, scharf gebügelte Stretch-Hose und ein Mundwerk, das pausenlos in Betrieb war. Selbst wenn sie über ihre eigenen Bemerkungen lachte, schien sie dabei weiterzureden.

Ihr Gegenüber oder genauer: die Seniorin neben ihr war klein und kugelrund und kicherte ebenso pausenlos.

Mit Haaren wie aus der Großmutter-Generation. Dünne, grauweiße Engelslöckchen, die von der Kopfhaut nur wenig bedeckten und auf Augenhöhe abrupt endeten. Von meinem Platz aus konnte ich sie und Cleopatra beide im Profil beobachten. Es war erstaunlich, wie hemmungslos fröhlich die beiden plötzlich waren, obwohl die Kuchen und Torten, weit entfernt von ihnen, noch unter einer Plastikfolie verborgen waren, auf dem Bord mit den Gesangbüchern.

Jetzt trat der neue Herr Pastor an den Damentisch, der seinen Dienst in unserer Gemeinde erst vor wenigen Monaten aufgenommen hatte, in jeder Hand eine Thermoskanne.

„Kaffee? Tee?"

Er durfte sofort alle Aufmerksamkeit für sich in Anspruch nehmen. So wie er da herumschäkerte, war er für die Damen das personifizierte Weihnachtsgeschenk. Sie amüsierten sich ausgelassen darüber, dass er Tee- und Kaffeekanne nie auseinanderhalten konnte.

Ich hatte den Verdacht, dass er diese Zerstreutheit gern kultivierte. Mit einer leuchtend karminroten Fliege und einem Blick, mit dem jeder Missionar neue Schäfchen eingesammelt hätte, spielte er den Oberkellner aus Wien und zugleich den Pariser Charmeur. Cleopatra und ihre Nachbarin mit den grauweißen Engelslöckchen schienen jedenfalls äußerst entzückt, als sie ihm die Tassen entgegenhielten.

Dann nahm mein Nachbar meine Aufmerksamkeit in Anspruch. Er hatte begonnen, seinen Rachen von irgendwelchen störenden Einflüssen frei zu putzen. Er hustete, röhrte, krächzte, dass es nur schwer in seiner Nähe auszuhalten war. Seine Frau guckte, solange diese Prozedur anhielt, unbewegt und ungerührt geradeaus. Mit einem Ausdruck fatalistischer Hoffnungslosigkeit im Gesicht. Wie oft war sie wohl erfolglos gegen solche Ausbrüche eingeschritten, bevor sie es aufgegeben hatte? Kaum war es vorbei damit, drückte sie ihm eine Pille in die Hand, die er sofort hinunterschluckte.

„Das ist ja diesmal ein reines Männertreffen!", sagte mein Nachbar, der mich urplötzlich entdeckt zu haben schien. Er musterte mich unverblümt direkt.

Zunächst verstand ich ihn weder akustisch noch inhaltlich, denn sein Kiefer ließ nur wenige Wörter unversehrt ans Tageslicht. Dass er darauf angespielt hatte, dass durch meine Anwesenheit in diesem Jahr zum ersten Mal ein weiterer Mann – außer ihm – an der Weihnachtsfeier teilnahm, begriff ich erst ein paar Momente später. Ich antwortete ihm höflich und versuchte einen Witz, aber er hatte das Interesse an mir schon längst wieder verloren. Er kaute intensiv auf irgendetwas herum; sein Teller war aber noch unbenutzt.

Als ein paar Minuten später die Teelichte auf den

Tischen brannten und das Deckenlicht im Saal gedimmt war, wurde die Atmosphäre spürbar lockerer.

Der Herr Pastor knöpfte sein Jackett zu, ganz offiziell, baute sich in einer Ecke des Saales auf und begann feierlich zu sprechen. Dabei schien er mir seltsam verändert, denn er sprach viel langsamer als sonst, betonte jedes Wort, als seien nur Schwerhörige anwesend, und mischte eine gehörige Portion Märchenhaftes in seinen Sprachduktus. Er kam allerdings nicht weit in seiner Ansprache, denn die Frau meines Nachbarn öffnete plötzlich ihren Mund und rief mit dünner, aber deutlicher Stimme „Kuchen!"

Der Herr Pastor war erschrocken.

„Ja, bitte?"

„Kuchen!", befahl die jetzt nicht nur dünne und deutliche, sondern auch harsche Stimme noch einmal.

„Sie will erst den Kuchen, bevor Sie sprechen, Herr Pastor!", rief Cleopatra vom Fenstertisch.

„Ach so", murmelte der Pastor. Auf seinen flehenden Blick hin eilte die Gemeindeschwester sofort zum Bord mit den Gesangbüchern und entfernte die Plastikfolie von den Kuchenplatten.

Als alle versorgt waren – mein Nachbar ließ sich gleich zwei Stücke Käsetorte auf den kleinen Teller schieben und auch noch einmal Kaffee nachschenken – , schaute der Herr Pastor strahlend in die Runde und nahm den Faden seiner Rede wieder auf. Er erwähnte, dass er wohl wisse, wie schwierig so ein Weihnachtsfest sei, wenn es mit der Gesundheit nicht mehr so gut aussehe und die Kinder lieber alleine feierten. Aber auch mit diesem Gedanken kam er nicht weit, denn die Dicke über Eck von Cleopatra unterbrach ihn.

„Herr Pastor, das wissen wir alles. Der Herr Berger soll spielen!"

Cleopatra klatschte, und mein Nachbar und seine Frau nickten heftig mit ihren Köpfen. Auch an den anderen Tischen entstand zustimmende Unruhe.

Herr Berger war der bestellte Musikus, der vor einigen Minuten vorne auf einem Schemel Platz genommen hatte, auf dem Schoß sein Akkordeon. Er schaute den Pastor fragend an, und der sagte etwas pikiert „Ja, wenn Sie wollen!"

„Kannst Du ja nicht wissen, Herr Pastor!", rief eine der Damen vom Fenstertisch, die bisher starr wie eine Schaufensterpuppe auf ihrem Stuhl gesessen hatte. Ich hatte an ihr bisher nur die scheußliche Perücke wahrgenommen, die wie nasses Stroh an ihrem Kopf klebte. Das Gesicht darunter, bisher nicht weniger starr, geriet auf einmal in erwartungsvolle Bewegung.

Leicht verstört übernahm der Pastor das Verteilen der Liedtexte, die Herr Berger kopiert hatte. Letzterer intonierte bereits „Vom Himmel hoch". Die Gemeindeschwester schenkte Kaffee nach, und als sie an unseren

Tisch kam, erbat sich mein Nachbar – er hieß Schorsch, hatte ich herausgehört – ein weiteres Stück Käsetorte. Als sich herausstellte, dass es keine Käsetorte mehr gab, schob er den Teller weit von sich. „Möchten Sie vielleicht die Nusstorte?", fragte die Gemeindeschwester. „Oder die Schwarzwälder?" Schorsch gab keine Antwort.

„Vom Himmel hoch" kannten sie natürlich alle. Der Pastor nickte anerkennend in alle Richtungen. Danach kam das „Schiff geladen", dann „Schneeglöckchen". Jeweils mehrere Strophen. Die kopierten Texte lagen unbenutzt auf den Tischen.

Als Herr Berger sein Akkordeon absetzte und einen Schluck Kaffee zu sich nahm, sollte die große Stunde des Pastors kommen. Er hatte ein kleines Büchlein in die Hand genommen, das er vielversprechend in die Luft hielt. „Meine Damen", begann er, und Schorsch schüttelte den Kopf, „ich habe diesmal etwas ganz Besonderes herausgesucht."

„Aber nicht so lang!", rief Schorschens Frau.

„Nein, eine ganz kurze Geschichte", versuchte der Herr Pastor sie zu beruhigen.

„Ja, aber schnell!", forderte sie.

Der Pastor schien eine Spur pikiert, als er das Büchlein aufschlug, die richtige Seite suchte und Aufmerksamkeit heischend um sich blickte. Alle schwiegen sie und warteten auf den Titel der Geschichte.

Er holte noch einmal Luft und las ihn gedehnt vor: „Weihnachten wie noch nie."

„Kennen wir!", rief die Frau von Schorsch mit ihrer dünnen Stimme.

„Hatten wir schon!" Cleopatras Tisch signalisierte geschlossen Zustimmung.

„Na gut", bemühte sich der Pastor, „dann nehmen wir eben eine andere."

Als wollte ihm die versammelte Gesellschaft eine letzte Chance geben, wurde es plötzlich ganz still. Der Herr Pastor, dessen karminrote Fliege standhafter schien als er selbst, blätterte in seinem Büchlein. Blätterte hin und blätterte her.

Und dann war es wieder Schorschens Frau, die der Weihnachtsfeier den von allen erwarteten Schub gab.

„Gold und Silber", rief sie.

Der Pastor schaute ins Inhaltsverzeichnis seines Büchleins, konnte aber nicht fündig werden. Herr Berger, der Musikus, grinste verhalten, nahm wieder auf seinem Schemel Platz und das Akkordeon auf die Knie.

Gold und Silber", verlangte auch Cleopatra.

Verunsichert stand der neue Pastor zwischen den Tischen.

Herr Berger begann zu spielen. Leise, als übe er ein bisschen vor sich hin. Aber an der Stelle, wo der Text einsetzt, brauste es plötzlich durch den kleinen Saal. „Gold und

Silber lieb ich sehr, könnt es auch gebrauchen ..."

Cleopatra und die Dicke waren aufgestanden und warfen begeistert ihre Hände in die Luft. Das Paar neben mir begann vorsichtig zu schunkeln, und Herr Berger griff immer kräftiger in die Tasten.

„Dass die Zeit einst golden war, wer will das bestreiten!"

Und vor der letzten Zeile standen sie alle auf, die aufstehen konnten. Konnten die letzte Zeile kaum erwarten. Schließlich kam sie, und dem Herrn Pastor schallte es entgegen: „Denkt man doch im Silberhaar gern an alte Zeiten."

Begeisterter Beifall! Und weil die meisten der Gäste ohnehin standen, und weil Herr Berger wusste: das Ding ist gelaufen! setzte er gleich mit einem weiteren Lied nach. Schon bei den ersten Tönen formierten sich die Tanzpaare, Dame mit Dame, und wieder sangen sie alle mit: „Wenn das Wasser im Rhein goldner Wein wär".

Der Pastor suchte den Blickkontakt zur Gemeindeschwester. Doch die war in die Küche gegangen.

„Ei wie könnte ich dann saufen", hieß es dann, was als reiner Damenchor ungewohnt klang. Und als auch dieses Lied zu Ende war, folgten weitere, eines nach dem anderen. „Auf der Lüneburger Heide" etwa und „Lustig ist das Zigeunerleben" – der Titel längst nicht mehr politisch korrekt, als Lied aber unverzichtbar.

Schorsch und seine Frau tanzten nicht. Die beiden

Gehhilfen hinter ihren Stühlen erklärten das ausreichend. Aber als die Wälder bunt wurden und die Stoppelfelder gelb und auch die jungen Winzerinnen gewinkt hatten, meldete sich das dünne Stimmchen wieder zu Wort.

„Du, du liegst mir am Herzen!"

Der Musikus nahm auch diesen Wunsch auf. Und als er ihn auf eine zarte, sehnsuchtsvolle Weise anspielte, ging ein lautes Seufzen durch den Saal. Niemand tanzte, alle hatten sich wieder auf ihre Plätze gesetzt und sangen das Lied – jeder ganz für sich, schien es – still in sich hinein.

Da nahm ich neben mir eine kleine Bewegung war. Eine winzige Unruhe. Schorsch suchte etwas. Er suchte mit seiner rechten Hand, tastete kurz ins Leere, denn dann kam ihm schon von der Seite eine andere, suchende Hand entgegen. Ich sah, wie die eine die andere umschloss und drückte, als ob sie ihr etwas versichern wolle, als ob sie ein ganzes Leben festhalten wolle.

„Weißt nicht, wie gut ich Dir bin."

Es war das letzte Lied, und alle waren sehr zufrieden.

Zum Abschied hatte der Herr Pastor seine Haltung wiedergefunden. Er hatte sich an die Tür gestellt, wo er jeder Dame und auch den beiden Herren zum Abschied die Hand schüttelte.

„War so schön!", sagte Cleopatra, als sie an der Reihe war.

Der Pastor nickte; offensichtlich war er nicht so ganz

überzeugt davon. Aber Cleopatra tröstete ihn.

„Nicht wahr, Herr Pastor, wir sind ja keine Kinder mehr."

Alles Gute kommt von oben

Seit drei oder vier Wochen war der Wurm drin. Eine winzige Bemerkung hier, eine vorschnelle Nachfrage da, und schon hing der Haussegen schief. Ein Wort gab das andere.

„Du hast mich schon wieder unterbrochen!" – „Weil du nicht auf meine Frage antwortest!"

Ein Wort gab nicht nur das andere: sie wurden auch allesamt lauter.

„Du musst nicht so schreien!" – „Wer schreit denn hier?" – „Du!" – „Weil du nicht zuhörst!"

So eskalierte es zuverlässig vor sich hin.

„Das hab' ich gar nicht gesagt." – „Ich bin doch nicht taub!" – „Dann erklär' ich dir's nochmal!" – „Hältst du mich für blöd?"

Oft passierte es beim Abwaschen, wenn der gerade abgetrocknete Teller lauter als nötig auf dem Küchentisch landete.

„Pass auf! Du weißt, was der gekostet hat." – „Ich wollte ihn ja auch gar nicht." – „Genau! Wenn es nach Dir ging, hätten wir nur Teller aus China im Schrank."

Es war ein gutes Zeichen, wenn irgendwann beide schwiegen und entweder einen Kochtopf verbissen mit dem Drahtschwamm schrubbten oder betont sorgfältig die Gläser polierten. Und es klang schon fast zärtlich, wenn der eine oder die andere fragten:

„Wollen wir uns wieder vertragen?"

Des einen Schwäche ist des anderen Stärke, und so kam nicht immer eine Antwort.

„Dann eben nicht!" Rumms!!!

„Nur, wenn wir wirklich klären, warum wir uns immer wieder streiten ...", rief es hinterher.

Genau das geschah natürlich nicht, und so blieb der Wurm drin. Nach ein paar Tagen wurden die gemeinsamen Abende aber wieder entspannter. Und nach einer gewissen Frist, die von beiden – ohne, dass sie sich dazu verabredet hätten – wie eine feste Spielregel eingehalten wurde, schaute sie ihn über den Zeitungsrand sehr freundlich an. Er schaute zurück. „Was ist?"

„Wollen wir mal ein Glas Sekt trinken?"

Er legt das Buch zur Seite, stand auf, ging zu ihr und küsste sie galant auf den Mund.

„Hab' ich auch schon gedacht."

Doch – eine Minute später war der Wurm wieder da.

„Warum hast du keine neue Flasche in den Kühlschrank gelegt."

„Wieso ich?"

„Weil du die letzte rausgeholt hast. Und ich hatte dir sogar noch gesagt: leg' eine neue rein!" – „Hast du nicht." – „Hab' ich doch!" – „Dann hätte ich's doch gemacht."

Schweigen.

Kein Sekt.

„Dir geht es einfach nur darum recht zu haben. Egal ob's stimmt oder nicht. In Zukunft werd' ich mir aufschreiben, was du gesagt hast." – „Na und? Das gilt nicht als Beweis, da kannst du viel schreiben." – „Das ist frech! Das ist richtig frech!"

Als Ende November die Kerzenlichter zahlreicher wurden, als auch entsprechende Düfte durch die Wohnung zogen und alles nicht mehr so deutlich gesagt wie gedacht wurde, holten die beiden am Samstag vor dem 1. Advent die Kiste mit dem Weihnachtsschmuck vom Dachboden. Er stieg auf die Leiter, sie reichte an. Zuerst in der Küche. Zuerst die große Glaskugel, in der sich die Deckenstrahler brachen und ihre Lichtstrahlen mit einer ganz besonderen Raffinesse durch den Raum schickten.

„Ein bisschen tiefer", sagte sie.

Er stand einen winzigen Augenblick, nur einen winzigen Augenblick – nicht ohne Absicht – steif und tatenlos auf der Leiter, bevor er die Glaskugel langsam absenkte.

„So ist es gut, glaube ich", sagte sie.

Doch es war noch lange nicht gut.

„Letztes Jahr wolltest du sie sogar etwas höher haben", tönte es von hoch oben. – „Nein, wollte ich nicht; du wolltest sie höher hängen, und ich hab' gesagt: lass' sie noch ein Stück runter, weil sonst nicht genug Licht drauf fällt." – „Komisch, dass ich mich nie erinnern kann an das, was du gesagt haben willst." – „Schreib's doch auf!"

Er antwortete nichts. Doch obwohl die weitere Ausschmückung der Küche wortlos verlief, schien sich irgendetwas verändert zu haben. Bei ihm! Die Arbeit, schien es, ging ihm plötzlich leichter von der Hand, von Minute zu Minute. Flink und leicht wie ein Eichhörnchen stieg er die Leiter hinauf und herunter, klaglos, probierte hier eine Wirkung aus und dort, reichte an und nahm entgegen. Fast wirkte er geläutert, ja heiter. Einmal lobte er sogar die besonders gelungene Platzierung eines schwebenden Engels, der sich verträumt in der vom Heizkörper aufsteigenden Warmluft drehte und seine Posaune in alle Richtungen hielt, große Freude verkündend.

Noch vor dem Kaffeetrinken waren die Kiste leer und

die Zimmer gefüllt. Anders als in den Jahren davor hatte besonders die Küche ihr Aussehen stark verändert. Da hing nicht nur die große Glaskugel. Da schwebten, dicht unter der Decke, Schlitten ziehende Hirsche und Rehe, Kometenschweife, Engelsscharen und Tannenzapfen.

„Findest du es denn auch schön?", fragte sie. „Sehr schön", sagte er. Sie fand: eine Spur ironisch. Und sie hatte recht. Aber sie war froh, dass der Himmel den häuslichen Frieden geschickt hatte und konnte das verkraften.

Doch ein paar Tage nach dem Adventswochenende war der Wurm erneut da. Und in seiner Gehässigkeit zerrte er ein weiteres Mal das alte Thema hervor.

„Hab' ich nicht gesagt!", behauptete sie.

„Doch, das hast du gesagt!", behauptete er.

„Was habe ich gesagt?"

„Du hast wörtlich gesagt: ‚Wenn du nicht willst, musst du nicht mitgehen in die Oper'. "

„Das kann ich gar nicht gesagt haben. Du weißt genau, dass ich zwei Karten bestellt habe." – „Kann ja sein. Aber nicht für mich."

Sie atmete tief durch. Über ihr brach die große Glaskugel in gewohnter Raffinesse das Licht der Deckenstrahler. Dazwischen jagten Hirsche und Rehe mitsamt ihren Schlitten über den Himmel, Kometen ließen ihre

Schweife schweifen und Engelsscharen scharten sich um Tannenzapfen.

„Soll das Ganze schon wieder losgehen?"

„Natürlich nicht", sagte er. „Aber du willst es wohl so."

„Gar nichts will ich, aber wenn du einfach und kategorisch abstreitest, was du versprochen hast ..."

„Moment", sagte er gedehnt. „Mooo-ment!"

Fast hätte er den pädagogisch überlegenen Zeigefinger gestreckt. „Ich kann es Dir beweisen!"

Sie glaubte, die Spur eines hintergründigen, selbstzufriedenen Lächelns um seinen Mund entdeckt zu haben.

Und atmete noch tiefer durch. „Was kannst du beweisen?"

„Dass du gesagt hast: ‚Wenn du nicht willst, musst du nicht mitgehen in die Oper.'"

Sie guckte ihn an, als ob sie nicht richtig verstanden hätte.

„Hast du es dir aufgeschrieben? Oder was?"

„Aufschreiben ist kein Beweis. Hast du selbst gesagt."

Er stand da mit einer Selbstsicherheit, als hätte er ihr ein unlösbares Rätsel aufgegeben. Fehlt noch, dass er ein Liedchen pfeift, dachte sie und guckte ihn misstrauisch an, um hinter das Geheimnis zu kommen.

Er schaute nach oben, als hätte er alle Zeit der Welt. Zu den Hirschen und Rehen und Engelsscharen im Glitzerlicht. Auffällig guckte er nach oben, immerzu.

Und dann begriff sie, dass das nicht zufällig war. Nicht betont lässig. Und als sie ebenfalls zur Küchendecke hochschaute, stach ihr zwischen all dem Damwild, den Glitzerstrahlen und Kometenschweifen ein klitzekleines Blinklicht in die Augen, das sie bisher noch nicht wahrgenommen hatte.

„Was ist das denn?"

„Eine Beobachtungskamera", sagte er. „Mit Mikrofon."

Sie schluckte. Mehrmals.

„Das ist doch nicht dein Ernst!"

„Wieso nicht?", fragte er. „Die gibt's doch überall heutzutage. In der U-Bahn, bei Karstadt, überall. Letzte Woche auch bei Aldi, sehr preiswert."

„Das heißt: du kontrollierst mich?"

„Kontrollieren würde ich das nicht nennen. Eher dokumentieren."

Schweigen. Ein Schweigen wie die Stille vor dem Tsunami.

In ihrem Kopf arbeitete es. Schwerstarbeit. Akkord.

Aber auch in seinem. Und dabei ging ihm ein Licht auf, heller als kugelgebrochene Lichtstrahlen und Kometenschweife zusammen. Er war zu weit gegangen, deutlich zu weit! Doch als er das begriffen hatte und erschrocken und betrübt zu Kreuze kriechen wollte, war es bereits zu spät.

Denn nun ging sie in die Offensive.

„Lass uns das mal angucken", sagte sie überraschend entspannt. „Geht das im Computer?"

„Geht", sagte er kleinlaut, stieg auf den Küchentisch und schraubte die Minikamera aus ihrer Halterung.

Es war nicht ganz einfach, die entscheidende Passage zu finden. Immerhin waren schon mehrere Stunden aufgezeichnet. Als er den Mitschnitt zum ersten Mal stoppte um hineinzuhören, sagte sie an der Stelle gerade empört: „Das ist meine beste!", und als er sagte „Das ist es nicht!" und weiterspulen wollte, forderte sie: „Moment, spul' doch mal ein oder zwei Minuten zurück."

Das tat er, heilfroh, dass sie offenbar kompromissbereit war.

Auf dem Monitor sah man jetzt die Küche von oben, ein ungewohnter Anblick. Ihm fiel als erstes auf, dass er mitten auf dem Kopf fast schon eine kleine Glatze hatte; beim Haare waschen oder Kämmen hatte er nie was davon bemerkt.

Sie kam gerade in die Küche und fragte: „Kann ich so gehen?"

„Wie?" – „So, mit dieser Hose?"

Sie guckte demonstrativ an sich herunter. Aus Sicht der Kamera, die nun auch die des Betrachters war, sah sie sehr verkürzt aus, verzerrt.

„Doll ist die nicht!", tönte es aus der Kugel unter der

Glatze. Und so billig wie die Kamera bei Aldi, so billig war auch der Ton. Es klang verlangsamt, quakig.

„Wieso? Das ist meine beste!" Auch ihre Stimme klang wie in einer Comedy. Was fehlte, war nur das in den Fernsehserien an solchen Stellen eingespielte Lachen der Zuschauer.

„Ich hab dir damals im Geschäft schon gesagt, dass dir die nicht steht." – „Eine andere hab' ich aber nicht!" – „In deinem Schrank hängen mindestens sechs oder sieben." – „Aber keine für heute Abend!"

Es war wie eine Demonstration. Und beiden war es peinlich. So peinlich! Er stoppte und spulte weiter vor. Bis er genau die richtige Stelle erwischte.

„ ... Sonntag!", sagte sie gerade. „Kommst du mit?"

Auch er sah von oben betrachtet fast wie in den Boden gestampft aus. Im Zentrum die Glatze, darum herum eine dunkle Masse, an den Seiten zwei Stummel. Das mussten die Arme sein. Und direkt auf dem Küchenboden zwei dunkle Schatten, die Füße. Die Stummel klappten jetzt aus. Aber man hörte nichts.

„Wenn du nicht willst, musst du nicht mitgehen in die Oper."

Danke, schickte er ein Stoßgebet los, danke, dass ich recht habe! Und in seiner Brust fielen die jubelnden Englein übereinander her wie Fußballspieler nach dem Siegtor.

Doch das Spiel war noch nicht zu Ende. Kurz vor dem Abpfiff fiel der Ausgleich. Denn nach einem unverhältnismäßig langen, aber doch noch zu Ende gehenden Schweigen murmelte er bzw. sein alter Ego unmissverständlich:

„Mal sehen."

Und auch sie schickte ein Stoßgebet los.

Dann gab es Sekt. Nein, Champagner!

Als am Montagvormittag die Müllabfuhr kam und einer der Müllmänner in den Ascheimer guckte, entdeckte er darin eine Kamera von Aldi.

„Was die Leute alles wegschmeißen!", sagte er zu seinen Kollegen. Und einer antwortete: „Irgendwie ist da der Wurm drin."

Kusshände

Als sie aus dem Café kamen, war es schon dunkel. Es regnete. Passanten eilten mit gesenkten Köpfen vorbei, viele bepackt mit Weihnachtsgeschenken. Die meisten ohne Regenschirm, denn der Wetterbericht war gut gewesen.

„Du wolltest ihn mitnehmen", sagte er.

Und hatte schon wieder diesen Vorwurf in der Stimme!

Während sie suchend in der Einkaufstasche wühlte, seufzte er. Demonstrativ. Es klang wie ein Urteil, das schon tausendmal ergangen war.

„Wahrscheinlich liegt er auf der Kommode neben dem Adventskranz", grummelte sie.

Und er, sarkastisch: „Da liegt er gut."

Sie kannte diesen Ton; ihre Antwort, ein letzter Versuch, geriet eher kläglich.

„Es ist übrigens dein Schirm."

„Ja und? Findest du das logisch? Hast du ihn etwa

vergessen, weil er meiner ist?"

Noch einmal tauchte sie mit dem rechten Arm tief ein in die Einkaufstasche. Als sie ihn wieder herauszog, gab es ein Geräusch wie ein kleiner Aufschrei. Dann platschte es satt auf den Gehsteig und formte eine dicke weiße Pampe.

Er verkündete: „Das ist das letzte Mal, dass ich mitgekommen bin!"

Sie schwieg.

„Ich weiß nicht, warum ich so blöd sein konnte!"

Ihr Schweigen interpretierte er als Bestätigung.

„Erst gebe ich nach und komme mit zum Einkaufen, obwohl mich deine blöde Tante Hedwig gar nichts angeht, und dann werde ich auch noch fertiggemacht!"

„Wieso ist Tante Hedwig blöd?"

Er gab keine Antwort. Schaute einfach in die Gegend. Der Regen war stärker und dichter geworden; die weiße Pampe auf dem Gehsteig schoss winzige Fontänen in die Luft.

„Sie ist immer nett zu dir!"

„So, das findest du nett, wenn sie stundenlang am Telefon rumquatscht."

„Und zu deinem Geburtstag hat sie sogar auf den AB gesprochen."

Keine Antwort.

Sie nahm die Einkaufstasche. „Dann fahren wir jetzt nach Hause."

„Was denn sonst?"

Er schlug den schmalen Kragen seiner Lederjacke hoch und ging entschlossen los. Zum Glück war es nicht weit bis zur Haltestelle.

„Noch 8 Minuten", war auf der elektronischen Anzeigetafel an der Haltestelle zu lesen. Er drängte sich unter das Dach des Wartehäuschens, wo schon viele andere standen. Beinahe war er enttäuscht, dass es keinerlei Protest gab, trotz seines unsanften Geschiebes.

Als sie endlich neben ihm stand – sie konnte nicht so schnell gehen wegen der schweren Einkaufstasche – , zeigte er nach oben auf die Anzeige.

„8 Minuten! Das nennt sich Weltstadt!"

Schweigen an seiner Seite. Für sie war kein Platz mehr unter dem Dach. Das Halstuch, das sie sich über die Haare gebunden hatte, war schon ziemlich nass.

„Außerdem stimmt es gar nicht. Nie stimmt das! Manchmal ist bei denen eine Minute so lang wie in Greenwich fünf. Wie auf'm Dorf."

Dann schwiegen sie weiter und warteten.

Ein Handy klingelte. Überall in den Händen leuchteten Displays. Finger tippten und wischten hin und her. Busse hielten an und fuhren weiter. Doch der richtige kam nicht, obwohl er zur europaweit befahrensten Strecke gehörte.

„Vielleicht können wir ja bei Budni eine neue Joghurt kaufen, die haben noch offen."

Ein Friedensangebot.

„Du machst wirklich richtig gute Vorschläge!"

Abgelehnt!

Schweigen.

Der Bus kam.

Sie lief nach vorne. „Ich muss noch eine Fahrkarte kaufen. Hast Du Kleingeld?"

„Nein!!!"

Es rauschte wie an einem Wildbach, als der Bus vorfuhr und schließlich anhielt. Die Türen gingen auf. An der Fahrertür drängte es sich. Man hörte eine Anordnung des Fahrers. Dann stieg eine offensichtlich verärgerte Frau aus und zog ein schreiendes Kind hinter sich her.

„Gehen Sie bitte nach hinten durch!", sagte der Fahrer in sein Mikrofon. Ein Don Quichotte im Feierabendverkehr. Denn der Mensch ist schwerfällig. Erst recht, wenn es unbequem und ungemütlich wird.

So dauerte es ziemlich lange, bis sie, die Einkaufstasche wie einen Schild vor sich herschiebend, die drei Stufen zum Fahrer geschafft hatte.

„Einmal Eppendorfer Baum."

Der Fahrer ließ seinen Finger über dem Ticket-Display kreisen. In seinem Kopf arbeitete es. Schließlich hielt er den Finger an. Er war nicht gut gelaunt.

„Eppendorfer Baum fahren wir nicht!"

Sie hatte bereits einen Zehn-Euro-Schein in die

Metallschale unterhalb des Displays gelegt und wartete. Der Fahrer wartete auch. Hinter ihr warteten weitere Fahrgäste.

Dann verstand sie, was er gesagt hatte.

„Entschuldigung! Ich meine … ich meine …"

Ihm war es so peinlich! Entschuldigend hielt er seine Seniorencard hoch. Der Fahrer deutete ein Kopfnicken an und wartete weiter auf das richtige Fahrziel.

„ … wo die Kirche ist … wie heißt das noch?"

Hilfesuchend blickte sie sich um zu ihrem Mann, aber der schaute demonstrativ in eine andere Richtung. Der Fahrer nahm den Schein und gab ihn ihr zurück.

„Rein mit Ihnen!"

Dann bediente er den nächsten Fahrgast.

„Du kannst doch nicht einfach so mitfahren!", fauchte er sie an, als sie sich einen oder zwei Schritte in den Gang hinein geschoben hatten.

„Wieso?"

„Weil … wenn ein Kontrolleur kommt, dann …"

„Der Fahrer hat mir's doch gesagt. Der wird wissen, was er tut. Ist doch nett von ihm, oder?"

„Das ist nicht nett, das ist Notwehr! Was soll er denn machen? Du stehst da rum und stotterst und hinter dir wartet halb Hamburg und wird nass."

Der Doppelgelenkbus schob sich stop-and-go durch den Feierabendverkehr. Draußen, in der Dunkelheit, huschten weiße und rote Lichter vorbei. Drinnen, hinter beschlagenen Fensterscheiben, an denen sich immer mehr Rinnsale einen Weg nach unten suchten, standen die Fahrgäste wie die Ölsardinen und versuchten Haltung zu bewahren.

„Der hat dich richtig vorgeführt!"

Die Luft war zum Schneiden. Als ein Handy klingelte und jemand hineinsprach, er sei gerade im Bus und in Kürze zu Hause, lachten gleich mehrere Fahrgäste und schauten sich besserwissend an.

„Wenn wir aussteigen, geb' ich ihm die zehn Euro."

„Warum das denn? Etwa als Weihnachtsgratifikation? Du machst dich nur lächerlich."

„Doch, ich geb' ihm das."

Er stellte sich die Szene vor: Der Bus hält, die Fahrertür öffnet sich, Leute wollen einsteigen, seine Frau arbeitet sich, gegen den Strom, zum Fahrer vor und bedankt sich in aller Form für dessen Freundlichkeit. Wie peinlich!

„Tu, was du nicht lassen kannst", sagte er. „Ich steige in der Mitte aus."

Stop-and-go.

Er weiß, dass seine Frau tut, was sie sagt. Und der Fahrer? An jeder Haltestelle fordert er die Fahrgäste auf, nicht an den Türen stehenzubleiben, sondern durchzugehen in die Mitte des Busses.

Wenn man sich das ausrechnet: alle 3 Minuten die Aufforderung, das sind 20mal in der Stunde sind 160mal in einer Schicht. Das nervt. Und das hört man auch. Das hört man an seiner Stimme, und das hört man an dem ebenso nervigen Piepen, wenn sich die Türen nicht schließen, weil die Leute in der Lichtschranke stehen.

Aber: die nächste Haltestelle ist es! Eppendorfer Weg Ost.

Er macht seiner Frau ein Zeichen, dass er in der Mitte aussteigen will. Es regnet immer noch.

Draußen arbeitet er sich direkt neben dem Bus durch ein Knäuel von Menschen nach vorne durch, wo gerade seine Frau aussteigt.

Sie schaut ihn, wie er findet, etwas provozierend an.

„Ich hab' ihm das Geld gegeben."

„Zehn Euro?"

„Ja."

„Und?"

„Trinkgeld", hab' ich ihm gesagt und ‚vielen Dank für die Einladung' und es einfach hingelegt."

„Und er? Was hat er gesagt?"

Die Fußgängerampel schaltet auf Grün. Sie überqueren die Fahrbahn. Der Bus muss warten.

„Was er gesagt hat?"

In dem Augenblick hupt es. Richtig lang. Ein tiefer, satter Ton. Der Hafen ist nicht weit, aber es war der Bus!

Die beiden drehen sich um.

Es gießt wie aus Kübeln. Der riesige Scheibenwischer

des Busses schiebt sich von links nach rechts und von rechts nach links.

Und dann ist, hinter der Scheibe, ganz dicht hinter der Scheibe, das Gesicht des Fahrers zu erkennen. Er scheint etwas zu suchen, guckt zu ihnen herüber, und als seine Frau ihm zuwinkt – sie winkt ihm zu! – nimmt er beide Hände vor den Mund – man kann es ganz deutlich erkennen – und wirft sie, glückstrahlend, von den Lippen zurück, beinahe gegen die Frontscheibe, wirft ihr heftig zwei, drei Kusshände herüber.

„Ich wird' verrückt!", sagt er.

„Musst du nicht", antwortet sie. „Gehen wir noch eine neue Joghurt kaufen?"

Einen Moment lang stutzt er. Doch dann schaut er sie an. Irgendwie selig. Er bietet er ihr seinen Arm, und sie hakt sich ein.

Der Regen prasselt.

Aber das macht nichts.

Alter Freund

Das war kein Weihnachten diesmal! Die Gans misslungen, die Geschenke lieblos, das Wetter viel zu warm und obendrein regnerisch. Niemand wollte vor die Tür; stattdessen fielen wir uns auf die Nerven.

So schlecht war die Stimmung noch nie.

Silvester saßen wir vor dem Fernseher; das war auch nicht besser.

Und am Neujahrstag schien alles leer und trostlos. Es gab nichts, auf das man sich freuen konnte.

Neuen Schwung brachte ein Telefonanruf am 4. Januar.

„Hallo, alter Freund, kennst du mich noch?"

Ich zögerte. Die Stimme klang forsch, irgendetwas daran kam mir bekannt vor, aber ich fand nicht heraus, was.

„Also" fing ich an …

„Holger!", unterbrach mich die Stimme sofort. „Holger

Lang. Lessing-Schule."

Da fiel der Groschen! Holger Lang war jahrelang in meiner Klasse gewesen. Ein Angeber; ich hatte ihn nicht unbedingt gemocht.

„Bin jetzt in Hamburg, alter Freund. Seit ersten Januar."

Naja, dachte ich: 30 Jahre kein Kontakt – und tut, als seien wir alte Freunde.

„Hab' dich im Internet gefunden. Wollen wir uns nicht mal treffen?"

Ich konnte schlecht ,nein' sagen. Also verabredeten wir uns in einer Kneipe an der Großen Elbstraße.

Er kam aber nicht. Ich trank zwei Bier, aber er kam nicht. ,Hat sich nicht geändert', dachte ich, ,ist immer noch der alte Draufgänger. Draufgänger und unzuverlässig, das war er immer'.

Nach einer halben Stunde bezahlte ich und ging. Hakte Holger ab und fühlte mich nicht verpflichtet, etwas zu unternehmen. Ich hatte auch gar keine Telefonnummer.

Er meldete sich auch nicht.

Eine Woche später las ich von dem Unfall. Ein gewisser H. L., Neuhamburger, war bei einem Autounfall schwer verunglückt und lag im künstlichen Koma.

Das konnte nur Holger Lang sein!

„Alter Freund" hatte er mich in dem Telefongespräch

genannt, und obwohl ich wusste, wie er das gemeint hatte, berührte es mich in diesem Augenblick. Musste ich mich um ihn kümmern?

Ich fand heraus, in welchem Krankenhaus er lag, und besuchte ihn.

Das arme Schwein! Er hing an tausend Kabeln, sein Kopf halb kahl rasiert. Ich erkannte ihn aber sofort wieder. Friedlich sah er aus, still war er, sein Atem kaum auszumachen.

Ich stand noch nicht lange, aber zunehmend hilflos vor dem armen Würstchen, als mich jemand ansprach.

„Kennen Sie ihn?"

Ein junger Mann reichte mir die Hand.

„Ich bin Felix. Sein Sohn."

Ich stellte mich ebenfalls vor und erfuhr, dass Felix aus Düsseldorf gekommen war, um seinen Vater zu besuchen.

„Muss aber heute noch zurück."

Wir gingen gemeinsam in die Kantine, und er erzählte mir, dass sein Vater gerade erst nach Hamburg gezogen war. Allein. Wollte hier einen neuen ‚Laden' aufbauen, wie Felix sagte. „Er hatte sich richtig gefreut darauf! Und jetzt liegt er hier."

Es schien kurz, als müsse er weinen.

„Ist er denn ganz allein in Hamburg?", fragte ich.

Felix steckte sein Taschentuch wieder ein und kramte einen Zettel aus der Jackentasche. Darauf hatte er die

Adresse und die Telefonnummer seines Vaters gekritzelt.

„Ja, ganz allein", sagte er und kritzelte hastig etwas auf einen Zettel. „Könnten Sie sich ein bisschen kümmern? Ich kann, wenn überhaupt, nur an den Wochenenden kommen. Und die Ärzte sagen, es könne Monate dauern. Und" – er hatte auf einmal wieder sein Taschentuch in der Hand – „sie können nicht sagen, ob alles wieder gut wird."

Ich schrieb mir Holgers Adresse und Telefonnummer auf und versprach Felix, ab und zu nach seinem Vater zu sehen. Felix bedankte sich, gab mir seine Visitenkarte und bezahlte. „Mein Zug geht in einer halben Stunde."

So begann ein Jahr, das manches veränderte.

Schon am übernächsten Tag machte ich mich wieder auf den Weg ins Krankenhaus. Es schien sich nichts verändert zu haben. Derselbe Anblick, dieselben elektronischen Anzeigen, von Piepgeräuschen begleitet, derselbe hilflose Patient.

Nachdem ich etliche Minuten verlegen an seinem Bett gestanden und versucht hatte, die stetig wechselnden Zahlen auf dem Bildschirm über seinem Kopfende zu interpretieren, sprach mich ein Arzt an.

„Sprechen Sie mit ihm. Erzählen Sie ihm einfach etwas. Vielleicht versteht er Sie."

Das war neu für mich. Einfach so mit jemand zu sprechen, der mehr tot als lebendig war, und von dem ich keine

Antwort bekam. Ich tat mich schwer. Fing dann an mit „Weißt du noch?" und erzählte ihm eine Geschichte aus unserer Schulzeit. Wir hatten einmal am letzten Tag vor den Osterferien das himmelblaue Auto eines unbeliebten Mathematiklehrers mit einer riesigen Schleife quasi zu einem überdimensionalen Osterei gemacht. Die ganze Schule hatte gelacht. „Weißt du noch?", fragte ich am Ende meiner Geschichte noch einmal, aber Holger lag beinahe regungslos. Ich kam mir völlig überflüssig vor. Wie soll sich da etwas ändern? fragte ich mich auf dem Weg nach Hause.

Zwei Tage später war ich wieder da. Holger lag immer noch im Koma. „Sprechen Sie mit ihm!", sagte der Arzt. „Massieren Sie ihm die Füße! Er braucht Reize."

Ich ihm die Füße massieren?

Holger war mir immer voraus gewesen. Er hatte schon früh zu rauchen begonnen. Kannte sich bestens aus in den Kneipen und Bars der Altstadt, hatte lange vor mir die erste Freundin. Mit 18 hatte er ein Auto und war der King, und so verhielt er sich auch. Neben ihm kam ich mir armselig vor damals. Und jetzt sollte ich ihm die Füße massieren?

Ich brachte es nicht über mich.

Erst beim nächsten Besuch streifte ich vorsichtig die Bettdecke hoch und begann, ihm die Füße zu massieren.

Sie können sich nicht vorstellen, wie dilettantisch ich mir dabei vorkam. Ärzte kamen vorbei, Pflegerinnen, Besucher. Mir war es so peinlich, wie ich halbgebeugt an Holgers Fußende stand und wenig professionell seine Füße behandelte.

„Hättest du dir auch nicht träumen lassen, dass ich dir mal die Füße bearbeite", sagte ich und schaute hoch zu Holgers Gesicht. Doch da rührte sich nichts.

„Ich mir aber auch nicht", tröstete ich mich selbst und musste lachen über mich. Von da an ging es leichter.

Alle zwei oder drei Tage war ich im Krankenhaus. Erst zu Beginn der 5. Woche änderte sich Holgers Zustand. Seine Augenlider öffneten sich manchmal einen Spalt, und ein Arzt sagte mir, Holger wache allmählich auf. „Kommen Sie, so oft es geht", sagte er, „Herr Lang braucht Sie."

Ich war mir nicht sicher, wie ernst es der Arzt meinte. Aber das war auch nicht so entscheidend. Ich war längst zu tief in die Geschichte hineingeraten, um mich von anderen Meinungen abhängig zu machen. Mich hatte der Ehrgeiz gepackt, ein Durchhaltewunsch. In den Wochen, die hinter uns lagen, hatte sich die anfänglich große Distanz zu Holger immer weiter verringert. Und als er mich eines Tages, Ende Februar, mit den Augen fixierte und hinter mir herschaute, als ich testweise von einer Seite seines Bettes auf die andere ging, war ich mir sicher: es wird!

Lange Zeit konnte Holger nicht sprechen. Wir kommunizierten mit einer Buchstabentafel. Darauf waren Reihen mit jeweils fünf Druckbuchstaben. Ich zeigte auf eine Reihe, und Holger schüttelte den Kopf für ‚nein‘. Oder er nickte für ‚ja‘. Hatten wir die richtige Reihe, mussten wir nur noch den Buchstaben finden. Das war mühsam, aber es ging. Es ging immer schneller. In seiner Ungeduld war Holger manchmal zu schnell; ich merkte mir einen falschen Buchstaben und wusste am Ende nicht, was er gemeint hatte; dann mussten wir von vorne beginnen. Aber am Ende konnten wir uns mit Hilfe der Tafel unterhalten.

Mitte März bewegte Holger gezielt seine Lippen. Wenn ich mein Ohr an sie legte, konnte ich ihn verstehen. Unglaublich! Ich verstand, was er mir sagte. Ich nahm seinen Kopf in die Hände und küsste ihm die Stirn. Küsste dem Angeber, Mädchenheld und Frühautofahrer Holger die Stirn!

Von da an ging ich mit Vergnügen ins Krankenhaus. Holgers Sprache wurde von Woche zu Woche sicherer, und wir unterhielten uns über Gott und die Welt. Lernten uns kennen, wie wir uns vorher nicht gekannt hatten.

Erzählten uns von 30 getrennten Jahren. Kleine, gemeine Rückschläge konnten uns nicht mehr entmutigen.

Und eines Tages, als ich an Holgers Bett saß, erschien eine Pflegerin, sah mich an, sah Holger an und zögerte. Holger sagte: „Er kann ruhig bleiben!"

Die Pflegerin schlug die Bettdecke zurück, drehte Holger auf die Seite und entfernte einen halb durchnässten, farbenfrohen Verband von Holgers Hintern. Zu meinem Erstaunen erschien mir das völlig normal. Ich musste nicht wegsehen. Ich hatte Schlimmeres erlebt.

„Hab mich wund gelegen", sagte Holger, „was soll's!" Auch er hatte Schlimmeres erlebt.

Ende April, Anfang Mai unternahmen wir die ersten Ausflüge hinaus aus dem Zimmer auf die Flure. Vor 30 Jahren waren wir die 100 m beide unter 12 Sekunden gelaufen; jetzt brauchten wir für 12 m 100 Sekunden. Holger stützte sich auf mich, hing an meinem Arm. Aber von Mal zu Mal richtete er sich mehr auf, und eines Tages waren wir auf Augenhöhe.

„Alter Freund!", sagte er. Es klang ganz anders als zu Anfang des Jahres.

Im Juni, an einem meiner Besuchstage, war Holger nicht in seinem Zimmer. Ich erschrak zutiefst. Aber ohne Grund. Denn er war mit einem Gehstock unterwegs, draußen, im Park!

Als ich auf ihn zuging, tat er, als wolle er vor mir weglaufen. „Alter Freund!", begrüßte er mich, und ich nahm ihn in den Arm. Gleichberechtigt.

Den Sommer über und auch den ganzen Herbst war Holger unterwegs in Sachen Reha. Wir telefonierten, aber das reichte nicht. Wir hatten uns an mehr gewöhnt.

Kaum war er zurück in Hamburg, trafen wir uns wieder. Und für Heiligabend lud ich ihn in meine Familie ein.

„Ja, wir müssen die Geburt feiern!", sagte er ohne Pathos.

Genau so hatte ich es gemeint.

Erwins großer Wunsch

Noch waren es fünf Tage bis Heiligabend, aber der Himmel zeigte sich so beständig klar und blau, dass selbst ausgewiesene Nörgler keine Veränderung herbeireden mochten. Wer aus dem Fenster guckte, konnte den Frost geradezu sehen! Und von dem Schnee, der das Dorf vorweihnachtlich geschmückt hatte, war nicht eine einzige Flocke geschmolzen.

So prächtig sah es aus! Und dennoch geriet Martha ins Grübeln.

Als sie am Nachmittag des 4. Advents den Kaffee aufbrühte, kamen ihr nämlich die Heiligabende der vergangenen Jahre in den Sinn. Und das lag ganz allein an der Stimme ihres Schwagers Erwin, die aus dem Wohnzimmer zu ihr herüber in die Küche drang. Er saß mit den beiden anderen bereits am gedeckten Tisch und war allerbester Laune.

Erwin, der mit Marthas verstorbener Schwester Friedel

schier endlos lang verheiratet gewesen und nach deren Tod urplötzlich, beinahe im Handumdrehen aus jahrelanger Lethargie und zuverlässigem Missmut aufgelebt war, hatte schon dreimal den Heiligen Abend bei ihnen verbracht. Das an sich war schon etwas Besonderes. Denn zu Lebzeiten Friedels war das Verhältnis dauerhaft unterkühlt, beinahe feindlich gewesen. Die Schwestern hatten sich nicht leiden können. Bei der einen wie der anderen hatte es lustvolle Gedankenspiele gegeben, in denen herabstürzende Dachziegel oder Lebensmittelvergiftungen eine zentrale Rolle gespielt hatten. Und so war auch der Kontakt zwischen Erwin und Martha nur sehr oberflächlich gewesen.

Nach dem Tod, ja: unmittelbar nach der Beerdigung seiner Frau hatte Erwin jedoch ein neues Leben begonnen. Er fühlte sich wie befreit von dem ‚garstigen Schrecksal‘, wie Martha ihre Schwester immer bezeichnet hatte. Und eines Tages hatte er sogar mit einem Blumenstrauß vor der Tür gestanden, schüchtern wie ein Konfirmand. „Aus meinem Garten!", hatte er verlegen gesagt und nicht weitergewusst. Martha hatte das Angebot sofort erkannt und ihn zu Kaffee und Cognac hereingebeten. Dabei entdeckten sie ihre lange verschüttete Sympathie füreinander. Fortan erschien Erwin immer häufiger bei seiner Schwägerin, und beide tippten sich mit dem Zeigefinger an die Stirn, wenn sie an die Vergangenheit dachten.

Eigenartig war nur, dass Erwin ausgerechnet am Heiligen Abend eine Art Rückfall in alte, griesgrämige Zeiten bekam. Jedes Mal! Darauf konnte man sich fest verlassen! Martha hatte dann immer das Gefühl, als sei ihre Schwester, die Friedel, auf die Erde zurückgekehrt.

Nach dem Festgottesdienst in der Dorfkirche und dem anschließenden Schmaus in der Gaststube des ‚Finken‘ war er noch ausgesprochen gut gestimmt, beinahe heiter. Aber mit fortschreitendem Abend wurde er zunehmend unleidlich, mit jedem Geschenk ungeduldiger. Über das obligatorische Hemd schien er sich noch ehrlich zu freuen. Die Strümpfe akzeptierte er. Ein Buch, das er jedes Mal bekam, legte er schon wortlos zur Seite. Und kaum hatte er ungeduldig sein letztes Päckchen geöffnet, sprang er, sichtlich verstimmt, ja verdrossen auf, fand mühsam ein paar Dankesworte und machte sich aus dem Staub.

Am nächsten Tag schien er das alles wieder vergessen zu haben und war bester Laune.

So war es in jedem Jahr gewesen, und es war kein Wunder, dass Martha in diesem Jahr, zwei Tage vor dem Fest, ins Grübeln kam.

„Martha!“, rief Georg, ihr Mann, aus dem Wohnzimmer. „Kaffee!!!“

Martha schreckte zusammen. Sie war ins Träumen geraten…

Als sie mit der Kanne ins Wohnzimmer trat, säbelte

Erwin gerade eine dicke Scheibe von dem Dresdner Stollen ab, als sei der ein Spanferkel. „Für dich, Martha", sagte er und hob das Prachtstück auf ihren Teller. Doch dann konnte er nicht an sich halten und ergänzte, wohl wissend, was er damit anrichten würde: „Robinson Crusoe hat auf so etwas 28 Jahre lang verzichten müssen!"

Kaum war der Name des unglücklichen Schiffbrüchigen ausgesprochen, war ein dreifaches, gequältes Aufstöhnen zu hören. Ein Ausdruck jäher Verzweiflung, unisono ausgestoßen von Martha, Georg und der stämmigen Olga, die als Untermieterin seit ewigen Zeiten unter dem Dachjuchhe wohnte und fast immer auf dem vierten Stuhl am Kaffeetisch saß. ‚Nein!!!', schien es aus drei Mündern zugleich zu kommen, ‚nicht schon wieder!'

Erwin schien das nicht weiter zu stören. Er bediente auch die beiden anderen großzügig mit Stollen; zuletzt bedachte er sich selbst ebenso reichlich. Dann wurde es still. Der Stollen war köstlich. Doch als Erwin bemerkte, dass sich die stämmige Olga ein selbst für ihre üppigen Ausmaße viel zu großes Stück in den Mund schob und es mit ihren kräftigen Kiefern, die hochroten Backen zum Zerreißen gespannt, genussvoll zu zermanschen begann, legte er noch einmal nach.

„Kennt ihr die Stelle mit Freitag und den Kannibalen?", fragte er todernst.

Olga, die genauso verteidigungsbereit wie korpulent

war und unfreundliche Attacken auf ihr Äußeres gerne postwendend parierte, stoppte das Kauwerk und wollte etwas Unbedachtes erwidern, konnte ihren Mund aber gerade noch rechtzeitig wieder schließen.

„Lasst' ihn, er hat einen Tick!", hatte Georg vor vielen Jahren vermutet, als Erwin urplötzlich damit begonnen hatte, bei passenden wie unpassenden Gelegenheiten das Schicksal des bedauernswerten Robinson Crusoe zu bemühen. Anfangs hatte man das mit einem verständnislosen, immerhin wohlwollenden Lächeln quittiert. Inzwischen kannte aber jeder, der mit Erwin Umgang pflegte, die winzigsten Details über Robinsons wundersame Rettung, seine Überlebensstrategien, die befremdlichen Tischsitten der Kannibalen und den Gefährten Freitag. Keiner konnte sie mehr hören.

Erwins verstorbene Frau Friedel aber, die Gott selig hatte, durfte sich im Grabe die Hände reiben. Denn die Rache, die sie ihrem Erwin geschworen hatte, schien endgültig und ewig. Unwiderruflich. Selbst, wenn sie in einem schwachen, in einem unkontrollierten Moment die Reue übermannt und sie Erwin gerne doch noch den Wunsch erfüllt hätte, den er alle Jahre wieder in der Vorweihnachtszeit geäußert hatte – denn der Tod macht sanft und lässt vieles vergessen – : es ging einfach nicht mehr. Nie im Leben würde Erwin den ‚Robinson' geschenkt bekommen, den er sich so oft von ihr gewünscht hatte. Als ‚kindisch' hatte Martha seinen Wunsch bezeichnet, ‚pubertär' hatte sie ihn genannt. „Kauf dir das Buch doch selbst!", hatte sie gesagt und kein Verständnis dafür gezeigt, dass Erwin so großen Wert darauf legte, es von ihr geschenkt zu bekommen. Obwohl sie genau wusste, warum!

„Ja, warum eigentlich?", hatte Martha ihre Schwester in einem der wenigen Gespräche gefragt, die sie in den letzten 20 Jahren miteinander geführt hatten. Und Friedel hatte ohne zu zögern, ohne mit der Wimper zu zucken die einfache Wahrheit gesagt: „Weil ich es weggeschmissen habe." – „Und warum?" – „Weil er gesagt hat, das Beste an dem Buch sei, dass Robinson 28 Jahre lang auf keine Frau Rücksicht nehmen musste."

Bei aller Distanz, die Martha zu ihrer Schwester hatte: das, fand auch sie, gehörte sich unter keinen Umständen! Darin gaben ihr sowohl Georg als auch Olga hundertprozentig recht! Und bei aller wiederentdeckten Liebe zu Erwin: auch sie würden ihm deshalb den Robinson niemals schenken!

Bis Martha der Gedanke kam, ob Erwin am Heiligabend regelmäßig allein deshalb zum Griesgram wurde, weil er den Robinson nicht unter den Geschenken fand. Das wäre nicht nett, denn schließlich war es Friedels Rache und nicht ihre. Andererseits, dachte sie, könnte man gerade zu Weihnachten über manches hinwegsehen …

Noch während sie solcherlei Gedanken in ihrem Kopf

hin und her schob, wischte sich Erwin mit der Serviette über den Mund, erhob sich von seinem Stuhl, stieß zwei-, dreimal mit dem Löffel an seine Kaffeetasse und setzte unerwartet zu einer Rede an.

„Liebe Martha", begann er, ‚lieber Georg und … „ – er räusperte sich und tupfte seinen Mund mit der Serviette noch einmal nach – „natürlich auch liebe Olga: es ist an der Zeit, euch zu danken! Wofür? Dafür, dass ich in wenigen Tagen zum vierten Mal mit Euch gemeinsam den Heiligen Abend verbringen darf. Das ist nicht selbstverständlich. Und darauf freue ich mich in diesem Jahr besonders. Übrigens …" Er stand da und wollte noch etwas sagen, spürte jedoch, dass sein Gesicht rot anlief, setzte sich schnell und schob sich ein Stück Stollen in den Mund.

Alle schwiegen. Martha fühlte sich bei ihren Gedanken ertappt. Georg nickte verständnisvoll. Olga öffnete den Mund – und schloss ihn wieder.

Und dann kam der Heilige Abend.

Nach dem feierlichen Gottesdienst in der Dorfkirche stapften Martha, Georg, Olga und Erwin in ihren dicken Mänteln zum ‚Finken' und nahmen in der Gaststube ihre reservierten Plätze ein. Der Finkenwirt wusste, dass sie die vorbestellte Gans mit Rotkohl nicht sofort auf den Teller haben wollten, sondern sich vorher mit einem Schnäpschen aufzuwärmen pflegten. Diesmal war es ein Calvados. Die vier erhoben die Gläser, schauten einander an und versicherten sich gegenseitig, dass sie gerade jetzt etwas Starkes und Kräftiges verdient hätten. „Herrlich!", sagte Erwin, als er sein Glas mit einem Zug geleert hatte. „Das wird ein wunderbarer Abend!"

Das hatte er in den Jahren zuvor nie gesagt, und die drei anderen nahmen es mit Überraschung zur Kenntnis. Martha fragte sich, was ihn wohl zu dieser Bemerkung veranlasst hatte. Wenn er wüsste, wie recht er hat, dachte sie aber. Georg nickte bestätigend, und Olga wunderte sich.

Als die Gans kam, übernahm Erwin die Verteilung. Olga bekam zuerst. Und zwar so gut und reichlich, dass sie innerlich Abbitte leistete für manches Urteil, das sie im Stillen über Erwin gefällt hatte. Auch Martha und Georg konnten sich nicht beklagen. Und als sie sahen, dass für Erwin selbst nicht mehr viel übriggeblieben war, beeilten sie sich, ihm von ihren Tellern abzugeben. So wanderte manch leckeres Stück von einem zum anderen und wieder zurück, und zu dem guten Essen gesellte sich weihnachtliche Entspannung. Jeder fühlte sich vom anderen geschätzt und geehrt, und alle vier dachten sie insgeheim, wie nett die anderen doch seien.

Nach den Bratäpfeln, die ebenfalls mit reichlich Calvados übergossen waren und so den Festschmaus unerwartet gut abrundeten, stapften die vier Arm in Arm durch die weiße, frostige Weihnachtsnacht zu Martha und Georg. Martha hatte die Bescherung vorbereitet. Wie jedes Jahr hatte sie alle Geschenke unter einer Tischdecke versteckt; Erwin legte seine noch dazu.

Dann durfte Olga das erste unter der Decke hervorziehen. ‚Erwin' stand darauf. Martha wusste, was darin war; es war nämlich von ihr, das Geschenk. Und während Erwin vorsichtig die Schleife des breiten, rot mit silbernen Sternen funkelnden Bandes löste und dabei ein glückseliges Gesicht machte, verknotete Martha aufgeregt ihre Beine. Wusste er etwa, was da in dem Weihnachtspapier war? Wie würde er reagieren? Was würde er sagen?

Dann hielt Erwin ein Buch in der Hand. Kein frisch erschienener Bestseller, das sah man gleich. Kein Schutzumschlag. Ein wenig speckig erschien es, hatte, unübersehbar, einige Jahre auf dem Rücken. Und als Martha sich schnell zu erklären beeilte, dass es sich um eine antiquarische, seltene Ausgabe handele, klang das beinahe nach einer Entschuldigung. ‚Robinson Crusoe' stand auf der Titelseite, auf der, stark verblasst, ein sonnengebräunter Mann in zerschlissenen Tüchern zu erkennen war, das Gesicht von einem dichten Bart gesäumt, gestützt auf einen starken Stock. Er schien in eine weite Ferne zu schauen.

Einen kurzen, einen sehr kurzen Moment lang sah Erwin genauso aus wie der Mann auf dem Buchdeckel. Schien nicht recht zu begreifen, was geschehen war. War sprachlos. Doch dann gerieten seine Augen in Bewegung, und ein Schwall von unterschiedlichsten Gefühlen ergoss sich über sein Gesicht, in kaum nachvollziehbarer Geschwindigkeit. Zuerst weinte er. Weinte hemmungslos, weinte vor Glück! Und plötzlich, urplötzlich schlug das Weinen in Lachen um. So stark, dass sich ein Jammern hineinmischte und Erwin sich in die Seite fasste, oberhalb der rechten Hüfte. Und dann – dann drückte er seiner Schwägerin zum ersten Mal in seinem Leben einen Kuss auf die Wange, der aus tiefstem Herzen kam.

Es dauerte, bis sich die Aufregung gelegt hatte. Dann wurde das Auspacken fortgesetzt, und traditionell erschienen, wenig überraschend, die erwarteten, üblichen Dinge: Taschentücher, Manschettenknöpfe, Zigarren, Seife, Parfüm, Pralinen. Neben dem Sofa türmte sich zerknülltes Geschenkpapier, und unter der Tischdecke wurde es immer leerer. Nur ein einziges Geschenk war schließlich noch da. ‚Erwin‘ stand drauf. In Druckbuchstaben. Erwin wog es lange in der Hand und betrachtete es von allen Seiten. Dann begann er es auszupacken.

Niemand sah mehr so richtig hin. Man hatte genug Freundlichkeiten gehört im Laufe des Abends: „Das hab‘ ich mir schon immer gewünscht!“ oder „Nein, wie hübsch!“ oder „Woher wusstest du?“ Alle freuten sich darauf, endlich in ihre Sessel zurückzusinken, Kekse zu kauen und in Ruhe ein Glas Wein zu trinken.

Erwin mühte sich eine ganze Weile mit dem Knoten ab, der das Band zusammenhielt. Sehr geduldig und aufmerksam um sich schauend. Dann hatte er es geschafft. Er klappte das bunte Papier auf und schaute vergnügt auf die Titelseite des Buches, das er in der Hand hielt.

„Nein!", sagte er. „Das darf doch nicht wahr sein!"

„Was darf nicht wahr sein?", fragten Olga und Georg wie elektrisiert.

Erwin hielt ihnen das Deckblatt entgegen.

„Robinson Crusoe" stand darauf.

Olga wandte sich Georg zu. „Von dir?" flüsterte sie.

„Nein", flüsterte Georg zurück.

„Von mir auch nicht", zischelte Olga. Sie saßen beide auf dem Sofa und machten ungläubige Gesichter.

Erwin aber amüsierte sich königlich. Dann nahm er beide in seine Arme und bedankte sich für diesen Abend, den er nie vergessen würde.

„Weihnachten ist immer noch ein Wunder!", sagte Martha, und Erwin nickte ihr zu. Er verstand sich immer besser mit ihr.